KB170781

나 홀로
이세계 플레이어

나 홀로 이세계 플레이어 3권

초판1쇄 펴냄 | 2020년 06월 15일

지은이 | 위대한폭군
발행인 | 성열관

펴낸곳 | 어울림 출판사
출판등록 / 2009년 1월 23일 제 2015-000062호
주소 / 경기도 고양시 일산동구 무궁화로 43-55, 801호 (장항동, 성우사카르타워)
TEL / 031-919-0122
FAX / 031-919-0127
E-mail / 5ullim@hanmail.net

ⓒ2020 위대한폭군
값 8,000원

ISBN 978-89-992-6598-3 (04810)
ISBN 978-89-992-6504-4 (SET)

SOUL M FUSION FANTASY

3

나 홀로
이세계 플레이어

위대한폭군 퓨전판타지 장편소설

어울림

목차

만드라고라의 환상

눈앞에 보이는 집은 아주 익숙했다.

어렸을 때 칼라반이 살았던 바로 그 집이었으니 말이다.

한국에서의 차갑고 적막했던 아파트를 말하는 것이 아니었다.

이세계에서 지낸 따뜻함과 아늑함이 가득했던 집이었다.

처음 이세계로 왔을 때 아무것도 몰랐던 자신을 반겨주었던 부모님의 모습도 함께 보였다.

한쪽에서 여동생인 이레아가 자신을 바라보며 웃고 있었다.

이레아는 씩씩하고 밝은 성격이라 동네에서도 꽤나 인기가 많은 편이었는데, 아이들에게 둘러싸여 있을 때 꼭 저런 표정을 짓곤 했다.

"칼라반."

"아들아……."

"칼라반 오빠."

그들은 이쪽을 바라보며 자신을 불렀다.

"어머니… 아버지… 이레아……."

칼라반은 그들에게 다가가기 위해 걸음을 옮겼다.

그러나 애석하게도 그들은 칼라반과 가까워질 수 없었다.

칼라반이 그들에게 다가가려 하면 할수록 시야에선 점점 더 멀어지고 있었기 때문이다.

"어째서 제게서 점점 더 멀어지시는 겁니까……."

그때 칼라반의 몸이 어디론가 떨어지는 기분이 들었다.

휘청거렸던 그가 다시 고개를 들었을 땐 아름다운 여인이 홀로 서 있었다.

여인의 모습을 확인한 칼라반은 금세 복잡한 표정을 짓고 말았다.

"데포르……."

새하얀 피부와 분홍 빛깔의 입술 덕분인지 붉은 보석들로 치장된 검은색의 드레스를 입어도 청초해 보이는 그녀였다.

이곳에서는 이국적인 외모라 불렸지만 칼라반의 입장에서는 가장 익숙한 모습으로 다가온 그녀였기에, 데포르에 대한 첫인상은 아직도 강렬히 남아 있었다.

더군다나 눈앞에 있는 데포르의 모습은 그가 그녀를 처음 본 그날의 모습 그대로였다.

그녀의 앞으로 과거의 자신이 다가서고 있었다.

대충 걸친 옷가지에 어색하게나마 짓고 있는 웃음까지…….

"저건 나…? 이게 어떻게 된 일이지… 이건 내 기억속인 건가……?"

바로 앞에서 벌어지는 광경들에 칼라반이 홀로 고뇌할 무렵, 또다시 그의 앞에 펼쳐지는 광경들이 바뀌었다.

이번에는 솔 기사단의 동료들이 앞을 지키고 섰다.

그들은 커다란 술통과 큼지막한 고기덩이들을 가져와 신나게 웃고 있었다.

가운데에 피워놓은 불은 고기들이 사방을 덮고 있어서인지 마음껏 향긋한 고기내음을 발산하고 있었다.

"칼라반님! 거기서 뭐하고 계십니까!? 어서 오십시오!! 오늘은 마시고 죽어야 하는 날 아니겠습니까!? 우리의 첫 승리이니 말입니다!!"

레클레이가 칼라반에게 달려와 한껏 소리쳤다.

잔뜩 신나있는 녀석의 모습은 마지막으로 봤던 얼굴보다 훨씬 앳되어 있었다.

"그래… 이 날은 하염없이 승리를 즐겼던 날이로구나……."

칼라반은 잊고 있었던 기억들을 떠올리며 흐뭇해했다.

다시 봐도 인생에 더 없을 즐거운 순간 중 하나였다.

그렇게 왁자지껄 하는 사이 그녀가 칼라반의 곁으로 다가왔다.

"정말 축하해요."

얼굴을 감싼 투구를 벗어낸 데포르가 칼라반에게 인사를 건넸다.

그녀의 투명하고 맑은 눈동자가 칼라반에게로 향했다.

그런 데포르의 눈빛을 다시 마주하니 칼라반의 가슴이 먹먹해지는 느낌이었다.

자신은 데포르의 이런 눈빛이 좋았으니 말이다.

"누구의 장난인지는 모르겠으나… 이제 그만해주었으면 좋겠군……."

누군가 바라본다면 좋은 추억들이라고 말할 수 있겠다.

하지만 지금의 칼라반에게 이 추억들은 마냥 좋은 기억들이 되지 못했다.

그간의 즐거움이 어느덧 시간의 바래짐으로 슬픔이 덧씌워져버렸으니 말이다.

칼라반이 있는 상황 속은 또다시 바뀌었다.

이번에는 처음으로 데포르와 함께 단 둘이 술을 마신 날이었다.

이때에 그는 술기운을 이기지 못해 데포르에게 자신에 관한 많은 것들을 얘기하고 말았다.

데포르 역시도 술에 취해 붉게 상기된 얼굴로 그동안 하지 않았던 스스로의 얘기들을 꺼내어주었다.

"그래, 이때였지. 데포르의 진짜 이름이 '연화'라는 것을 알게 된 것이……."

이 날은 해가 지고 다시 날이 밝아오는지도 모르고 실컷 이야기꽃을 피웠었다.

어쩌다 이런 자리가 마련되었던 것인지는 잘 기억이 안 나지만, 이 날 덕분에 데포르와 훨씬 가까워질 수 있었던 것은 틀림없는 사실이었다.

칼라반은 과거의 자신과 한창 얘기를 나누고 있는 데포르의 모습을 빤히 바라보았다.

볼은 화장이라도 한 것처럼 발그레 달아올라 있었고 위로 대충 올려 묶은 머리칼은 귀밑으로 슬쩍 흘러내리고 있었다.

다른 무엇보다 그녀의 표정이 더욱 칼라반의 눈에 들어왔다.

"녀석도 저런 표정을 지을 줄 알았구나……."

칼라반이 쓴웃음을 짓고 있을 때 눈앞의 풍경이 또다시 뒤바뀌었다.

하늘을 뒤덮은 괴수들.

그리고 그 괴수들을 타고 창과 검을 치켜든 이들이 있었다.

"라카이 왕국의 발키리들……."

와이번을 타고 전쟁에 나섰던 라카이 왕국의 최정예 병사들이었다.

타고난 포식자인 와이번을 길들인다는 것은 사실 굉장히 어려운 일이었다.

때문에 그 숫자가 적어 발키리들의 숫자도 그리 많지 않았다.

하지만 당시 칼라반의 군대와 마주했던 발키리의 숫자는 300명.

이는 역대 최고로 많은 숫자이자 최전성기 때의 발키리 부대였다.

그리고 칼라반과 솔 기사단이 상당히 고전했던 전투이기도 했다.

한명 한명이 일당천의 힘을 자랑하는 발키리들이었기에 이 전투에서는 솔 기사단과 제국의 병사들도 많은 희생을 치러야 했었다.

칼라반은 가장 선두에서 와이번을 타고 창을 휘두르고 있는 기사를 보았다.

최상급 어둠의 정령이자 칼라반의 오른팔이었던 카이사르조차 애먹었던 상대.

그렇기에 칼라반은 발키리 부대의 대장을 똑똑히 기억하고 있었다.

칼라반이 소환한 어둠의 정령 군단과 솔 기사단이 발키

리 부대와 전투를 시작할 때, 주변의 모든 것이 어둠으로 가득차기 시작했다.

하늘엔 붉은 달이 떠올랐다.

새하얀 달과 검은 달이 붉은 달을 두고 싸우는 것만 같은 기이한 광경이 펼쳐지기 시작했다.

그 하늘 아래에선 쳐다보기조차 힘들 정도로 끔찍하고도 처절한 싸움이 벌어지고 있었다.

그것은 인간과 몬스터들의 전쟁이었다.

칼라반이 대기사장이 된 이후 처음 치른 전투이자 처음으로 연합군이 결성된 전투이기도 했다.

"디아블 전투……."

스스로 마족의 후예임을 자처하며 마왕이 되려 했던 사내.

수많은 마수들을 다스렸던 디아블이 붉은 눈동자로 자신을 바라보고 있었다.

"어둠을 다스리는 자여… 네놈이 있어야 할 곳은 이곳이 아니다."

디아블은 새하얀 송곳니를 여실히 드러내며 미소를 띠었다.

그의 칠흑빛 망토가 사방으로 뻗어나가기 시작하자 허공에 균열이 일어났다.

쩌저정——!!

세상이 유리 깨지듯 무너져 내리자 칼라반의 앞으로 데

포르가 보였다.

"데포르……."

수줍게 웃고 있는 그녀가 입고 있는 것은 다름 아닌 한복이었다.

아주 정확히 한복이라 말할 수 없겠지만 그래도 한복과 많이 닮아 있는 옷이었다.

그 언젠가 칼라반이 데포르의 앞에서 한복에 대해 얘기한 적이 있었다.

이곳의 옷도 예쁘지만 자신이 있던 한국의 한복은 더 아름답다는 얘기를 했었던 것이다.

데포르는 칼라반의 그 말을 기억하고 특별히 주문 제작한 한복을 입고 와주었다.

한 번도 본 적 없었음에도 그때 당시 칼라반이 비교적 자세히 한복에 대해서 묘사했던 그대로의 모습이었다.

게다가 그녀가 한복을 입고 칼라반을 만나러 온 그 날은 칼라반의 생일이자 이세계로 처음 온 날이기도 했다.

한복을 입은 데포르, 아니 연화의 모습은 말로만 듣던 선녀가 눈앞에 있다면 바로 이 모습이 아닐까 싶을 정도로 아름다웠다.

그리고 그 아름다운 모습을 이렇게 다시 보게 되니 칼라반은 새삼 가슴이 두근거리고 있었다.

―이것이 그대의 기억들… 그간 만났던 이들과는 다른 기이한 기억들을 지녔구나…….

갑작스레 들려온 목소리에 칼라반이 황급히 주변을 둘러보았다.

그러나 연화 말고 다른 사람은 보이지 않았다.

─애석하게도 그대에게 나는 필요치 않은 존재… 그러니 그대는 나의 주인이 될 자격이 없다.

또다시 칼라반의 귓가에 선명한 목소리가 들려왔다.

"그게 갑자기 무슨 소리지? 주인이 될 자격이 없다니…….."

─허나 오랜만에 유희를 즐길 수 있도록 해주었으니… 나의 힘으로 그대를 도와주도록 하겠다. 대가는 그대가 행복했던 기억. 나는 그 기억의 일부를 가져가도록 하마.

"기억을 가져간다니…….."

그때 칼라반의 앞으로 화려한 깃털을 가진 공작새가 모습을 드러내었다.

공작새가 깃을 펼치자 형용할 수 없는 빛이 사방으로 퍼져나갔다.

슈와아아─!!

동시에 쓰러진 칼라반의 상체에서 푸른 아지랑이가 피어올랐다.

이 아지랑이는 눈감고 있는 칼라반의 전신을 천천히 휘감았다.

이어 칼라반의 내기가 이 아지랑이에 반응해 단전에서부터 흘러나와 전신으로 퍼졌다.

우우웅——!!

칼라반의 내기가 계속해서 몸속 내부를 돌아다니고 푸른 아지랑이가 칼라반의 미간으로 모여들 무렵, 무겁게 덮여 있던 칼라반의 눈꺼풀이 천천히 올라갔다.

"으… 으으……."

오랜 환상 속에 갇혀 있었던 탓인지 칼라반은 눈을 뜨자마자 극심한 어지러움을 느꼈다.

[상태 이상이 해결되었습니다.]

[흡성명왕흉갑의 기운이 약해졌습니다. 고유 효과가 사라집니다.]

[흡성명왕흉갑의 영향으로 신체 일부에 변화가 생겼습니다.]

[만독지체 스킬의 숙련도가 중급으로 올라섰습니다.]

"이게 무슨……."

칼라반은 힘겹게 땅을 짚고 몸을 일으켰다.

가슴 쪽이 답답해 손을 가져가니 아직 따스한 기운이 그곳에서 흘러나오는 것만 같았다.

칼라반은 상의를 풀어헤쳤다.

그러자 흡성명왕흉갑이 온전한 모습을 드러내었다.

다만 전과 달라진 점이 있다면 어쩐지 색이 바란 느낌이었다.

사람으로 따지면 생기를 잃은 모습이라 할 수 있었다.

"이게 어떻게 된 거지……?"

띠링!

[흡성명왕흉갑의 힘이 만드라고라의 힘을 억제시켰습니다.]

"아… 그러고 보니……."

칼라반은 자신의 옆에 놓아진 만드라고라를 바라보았다.

인간의 형상을 한 뿌리의 모습과 아름다운 빛을 띠고 있는 꽃이 함께 보였다.

"이게 만드라고라의 뿌리라니……."

[만드라고라(Mandragora)

동양에서는 만다라케(曼陀羅華)라고 불리기도 합니다. 만드라고라의 뿌리는 특이하게도 사람의 형상을 하고 있습니다. 만드라고라의 꽃향기는 치명적인 독을 품고 있습니다.

독에 중독되면 환각, 마취, 수면 등의 증상을 보이며 인간의 욕망을 자극하기도 합니다.

또한 만드라고라를 뿌리째 뽑아 올리게 되면 엄청난 비명을 지르게 되는데, 이 비명을 듣고 살아난 사람은 없다는 소문이 들려옵니다. 그만큼 만드라고라는 위험한 식물이기도 하지만 많은 이들이 만드라고라를 탐내는 이유는 만드라고라 식물에 담긴 특별한 힘 때문입니다. 만드라고라를 복용하게 되면 특별한 힘을 얻을 수 있을 것입니다.]

만드라고라의 설명을 읽어본 칼라반은 헛웃음을 지을 수밖에 없었다.

만드라고라에 대해선 그도 잘 알고 있었다.

일전에 만드라고라를 찾아나선 이들도 알고 있었으니 말이다.

그때 당시에 칼라반은 단순히 소문 속의 식물이라고만 치부하고 있었다.

어디서 어떻게 나고 자라는 식물인지 전혀 알 길이 없었던 데다, 실제 만드라고라를 보았다는 이들의 말도 신빙성이 전혀 없었기 때문이다.

"이제 보니 꽃향기를 맡고 환각을 일으켜 착각하게 된 걸 수도 있겠군……."

칼라반은 그 소문으로만 듣던 식물이 자신의 앞에 있으니 절로 마른침을 삼키고 말았다.

그 역시도 만드라고라 때문에 뜻하지 않은 위험을 겪어야만 했으니 말이다.

"아마 만독지체와 흡성명왕흉갑이 아니었다면… 나도 정말 위험했을 수도 있겠어……."

천운이라면 정말 천운인 일이었다.

칼라반은 만드라고라의 뿌리를 천천히 살펴보았다.

잿빛색깔을 띠고 있는 뿌리는 잠든 것처럼 조용했다.

쓰러지기 전 모습과는 완전 상반되는 모습이었다.

"그런데… 정말 이걸 먹어도 괜찮은 건가?"

기연(機緣)

[만드라고라의 뿌리가 온전한 모습을 드러내면 별다른 위험은 존재하지 않습니다. 하지만 만드라고라가 갖고 있는 독성의 효과는 없어지지 않습니다.]

오로라의 답에 칼라반은 잠시 고민에 잠겼다.

"음… 그럼 어떻게 한담……."

만드라고라의 뿌리를 들어 올린 칼라반은 미간을 좁혔다.

아무래도 만드라고라 뿌리의 모습이 인간을 닮아 있어 그냥 먹기에는 그조차도 찜찜한 기분이었다.

그러다 문득 유운량이 자신을 위해 탕약을 끓여왔던 것

이 떠올랐다.

"그래… 운량이라면 만드라고라에 대해서도 알고 있을지 모르겠군. 만약 자세히 알지 못하더라도 탕약으로 끓여달라고 하면 되겠어."

들기로 만드라고라를 약으로서 복용한 사람도 더러 있었다고 하니 문제될 것은 전혀 없어보였다.

고민을 마친 칼라반은 인벤토리 창을 열어 만드라고라를 집어넣으려 했다.

그러나 한쪽에 떠오른 메시지가 칼라반의 시선을 사로잡았다.

[만독지체 스킬의 영향으로 독의 효과가 발동되지 않습니다.]

"아 그렇지… 비명을 지르는 것이 끝났다 뿐이지 꽃향기에서 나오는 독은 지속되고 있는 거잖아…? 괜히 들고 갔다가 중독되거나 하면."

칼라반은 만드라고라를 집어넣으려던 것을 멈추고 하는 수 없이 손에 들고 동굴안쪽으로 걸음을 옮겼다.

그리곤 혹시 몰라 가부좌를 틀어 명상부터 시작했다.

[마령환의 흡수율이 100%에 달했습니다.]

명상을 끝내니 곧바로 마령환의 흡수가 끝났다는 메시지가 떠올랐다.

"벌써 그렇게 되었나…? 확실히 전보다 더 흡수하는 속도가 빨라진 느낌인데…….."

칼라반은 슬쩍 남은 마령환을 꺼내보았다.

이제 겨우 3분의 1정도의 양이 사라져 있었다.

"그럼에도 이런 효과라니…….."

왼손에 들려 있는 마령환과 오른손에 들려 있는 만드라고라를 번갈아 바라보던 칼라반은 먼저 만드라고라부터 들어올렸다.

"혹시 마령환의 기운과 겹치면 좋을 것 없으니 만드라고라부터 먹는 것이 좋겠어."

칼라반은 두 눈을 딱 감고 만드라고라를 입으로 가져갔다.

또각.

혹시 몰라 조금만 입에 베어 물었으나 아무런 메시지도, 느낌도 들지 않았다.

"이상하군…….."

칼라반은 그다음 크게 한 입 가져갔다.

그렇게 몇 번을 반복하다보니 순식간에 만드라고라를 온전히 섭취해버리고 말았다.

띠링—!!

[강한 독성이 몸에 퍼지려 합니다.]

[만독지체 스킬이 독을 중화합니다.]

[영험한 만드라고라의 기운으로 인해 내공의 증진이 이루어집니다.]

[기본 능력치들이 상승합니다.]

[스킬 심안이 심마안(心魔眼)으로 개안됩니다.]

[심마안(心魔眼)

사물의 본질을 꿰뚫어 보는 심안의 개안 상태. 심마안과 마주한 상대가 심력이 약하다면 혼란을 겪게 될 것입니다.]

"심마안…? 이런 스킬도 있다니……."

심마안의 설명을 읽어보던 칼라반의 눈앞에 다른 메시지가 이어졌다.

띠리링——!!

[만드라고라의 흡수가 완전히 진행될 때까지 플레이어 칼라반님의 몸에서 온전히 흡수되지 못한 독향이 퍼져나갑니다.]

[독의 향기에 중독된 이들은 정신착란을 일으키기 쉬우며 몸에 마비가 올 수 있습니다.]

"아… 역시 한 번에 흡수가 이루어지는 것은 아니로군…

하지만 뭐 상관없겠지."

그는 때마침 잘 되었다고 생각했다.

만드라고라의 흡수가 완전히 이루어질 때까지 책에 그려진 검술을 익혀볼 생각이었다.

그는 곧바로 책이 있는 곳으로 걸어갔다.

"끄윽……."

자신의 몸에서 코를 찌르는 악취가 나고 있었다.

아마 몸 밖으로 배출되는 독향 탓일 거라 생각했다.

"그래도 이건 꽤나 지독한데……."

그래도 참지 못할 수준은 아니었다.

그는 손에 쥔 책자를 펼쳐들었다.

"잠깐 허기나 채우고 오려다 우연치 않게 만드라고라까지 발견해버리는 바람에 많이 미뤄졌군……."

그는 책자를 펴자마자 검술의 자세들을 빠르게 살폈다.

역시나 그림에 관한 설명들은 따로 보이지 않았지만 상관없었다.

그는 검을 들어 천천히 그림 속의 검술 자세들을 따라해 보았다.

그림 속 검술 자세들을 하나씩 따라해 나가다보면 다음 동작들이 나름 어색함 없이 이어졌다.

칼라반은 책에 그려진 검술 동작들을 어느 정도 이해할 때까지 반복하고 또 반복해볼 생각이었다.

처음엔 그림에 그려진 자세들을 온전히 따라해 보며 검

술에 익숙해지는데 집중했다.

그는 우선, 이렇게 몸으로 직접 움직여보며 책에 그려진 검술들을 통째로 외우는 방법을 택했다.

무식해보일 수 있지만 가장 확실한 방법이기도 했다.

"어째서 여기서 이렇게 움직이는 거지…? 흐음…….."

그렇게 검술을 따라해 보며 때로는 상대가 눈앞에 있다는 상상을 해보기도 했다.

계속해서 검술 자세를 익히다 문득 허기질 때면 잠시나마 동굴 아래로 내려와 먹을 것을 찾았다.

나중에는 내려오는 시간마저 아까워 두고 먹을 식량들까지 한꺼번에 구해 동굴로 올라와 버렸다.

검술을 익히면서도 시간 날 때마다 명상을 통해 운기조식을 행하는 것도 잊지 않았다.

게다가 칼라반은 모르고 있었지만 어느 순간부터 칼라반이 운기조식을 행할 때마다 그의 머리 위로 한 개의 꽃봉오리가 피어오르고 있었다.

꽃봉오리는 그의 내공이 만들어낸 환영이기도 했지만 두 눈을 감고 운기조식을 행하는 칼라반으로선 전혀 눈치 챌 수 없는 부분이었다.

운기조식을 끝내고 다시 눈을 뜨면 그는 여지없이 검을 들고 일어나 검술 자세들을 다시 익혀나갔다.

그렇게 며칠을 동굴 속에서 지내며 수련하다보니 이제는 책자를 보지 않고도 완벽하게 동작들을 이어나갈 수 있었다.

"얼추 따라할 수는 있게 되었는데… 전체적으로 이 검술은 힘이 너무 많이 들어간 느낌인데… 마치 방어보다는 공격에만 치중한 것 같군…….."

아수라에게 검법에 관해 배울 때 그는 강함이 있으면 부드러움도 있어야 함을 강조했다.

그런데 칼라반이 이 검술을 막상 제대로 펼쳐보기 시작하니 동작 하나하나에 힘이 실려야 하는 느낌이었다.

그만큼 동작 하나하나가 크고 거칠었다.

"어디 한 번……."

칼라반은 호흡에 집중하며 내기를 끌어올렸다.

그러자 그의 검에 서서히 검기가 맺히기 시작했다.

기분 탓인지 모르겠으나 전보다 검기의 빛이 한층 선명해진 느낌이었다.

게다가 검기에서 느껴지는 힘의 크기도 처음보다 강렬했다.

"그 사이에 성장이라도 했다는 말인가……?"

칼라반은 전보다 내공의 양이 훨씬 늘었음에도 불구하고 단전의 내공이 빠르게 소모되고 있음을 느꼈다.

이제 보니 검기를 유지하는데 전보다 훨씬 더 많은 내공을 소모하기 시작한 것이다.

"뭐가 잘못된 건 아니겠지?"

그는 천천히 조절하며 이전과 비슷한 내공을 사용해보았다.

그러자 검기의 색깔이 점점 옅어지며 전과 같은 색을 띠었다.

"아……."

다시 내공을 폭발시키니 검기의 색깔이 점점 강해지기 시작한 것이다.

이제야 어떻게 된 일인지 알게 된 칼라반이 고개를 주억거렸다.

"그렇다면……."

그는 한껏 자세를 고쳐 잡으며 책에 그려진 첫 번째 검술 자세를 취했다.

휘잉—! 콰랑—!!

휘리링!!

콰가강!!

그가 검을 휘두르며 움직일 때마다 검기가 빗발치며 공동의 동굴벽을 무차별하게 때렸다.

요란한 소리가 연신 울려대고 있음에도 칼라반은 마치 무언가에 홀리기라도 한 사람처럼 눈을 감고 검술을 끝까지 펼쳐내는데 집중했다.

계속해서 검술 자세를 연습하며 통째로 외운 덕분에 검술을 펼치는데 막힘이 없었다.

"하아… 하아……."

한바탕 검술을 펼치고 칼라반이 두 눈을 떴을 땐, 온 사방이 검기에 의한 상처들로 가득해 있었다.

처음 검기를 발현해 휘둘러보았을 때보다 훨씬 더 굵고 깊은 상처들이었다.

아수라의 혈맥타통과 만드라고라의 기운까지 겹치며 만들어낸 비약적인 성장이 이러한 결과를 만들어낸 것이다.

칼라반은 거친 숨을 몰아쉬면서도 자신이 만들어낸 광경을 보며 저도 모르게 전율을 느꼈다.

그러면서도 머릿속은 검술에 대한 고찰을 멈추지 않았다.

"계속해서 힘을 과하게 끌어올리다보니 자연스럽게 이어지지 않는 동작들도 많은 것 같고… 무엇보다 지나치게 공격 일변도(一邊倒)야… 이 검술을 만들어낸 사람이 어떤 인물인지는 모르겠으나… 나와는 이 점이 조금 맞지 않는 것 같은데……."

칼라반은 '때로는 부드러움이 강함을 이길 수 있다'는 스승 아수라의 말을 기억했다.

그리곤 천천히 검술의 자세들을 복기해보았다.

몇몇 부분에서는 내공의 운용이 어려워 검기가 약해지거나 동작의 흐름이 끊어지는 곳들이 존재했다.

이유를 알 수 없어 답답한 마음에 대자로 누워버리고 말았다.

"어차피 내게는 수라파천공이 있으니 이 정도로만 익혀둘까."

그는 자연스레 수라파천공의 무공을 떠올렸다.

그러다 그의 머릿속을 번뜩 스쳐지나가는 생각이 있었다.

"아⋯⋯!"

칼라반은 다시 벌떡 몸을 일으켰다.

그리곤 아수라에게 배운 검법을 책자에 그려진 검술과 결부시켜보기 시작했다.

천천히 책자 속의 검술을 펼치다 막히는 부분들이나 어색한 동작들이 있으면 아수라에게 배운 검법의 원리를 끌어왔다.

"여기서는 조금 힘을 빼고 부드럽게 검을 휘둘러보면 되지 않을까?"

칼라반은 다시 검술에 집중하기 시작했다.

그렇게 하나의 동작도 여러 가지 방법으로 펼쳐보았다.

흐르는 강물처럼 곡선을 그리며 검을 움직여보다가도 때로는 먹잇감을 사냥하는 비호(飛虎)처럼 빠르게 검을 휘둘러보기도 했다.

그러자 전보다 훨씬 더 수월하게 검술을 펼쳐낼 수 있었다.

"아⋯ 스승님께선 이런 것을 말하셨던 건가? 나만의 무공을 만들어가라는 것이⋯⋯."

계속해서 이어나가다보니 책자에 그려진 검술과는 조금 달랐지만 훨씬 손에 익은 느낌이었다.

마치 오랫동안 연마해온 자신의 검법이라는 착각마저 불

러일으킬 정도였으니 칼라반이 스스로 신기해하는 것도 무리는 아니었다.

그는 혹시나 이런 깨달음을 잊어버릴까 싶어 재빨리 하나하나 다시 펼쳐보았다.

그렇게 또 며칠을 동굴 안에서 지내며 반복에 반복을 거듭해 나가자 눈앞에 떠오르는 메시지가 있었다.

띠링—!

[검법의 이름을 등록하시겠습니까?]

"검법의 이름?"

[칼라반님의 반복된 동작으로 스킬 커맨드가 활성화되었습니다.]

"아… 그렇게 된 거였군… 그렇다면 흠…….."

검술 이름을 선뜻 정하지 못하던 칼라반은 문득 동굴 밖을 바라보았다.

바깥은 서서히 해가 떠오르고 있는지 희미한 햇살이 동굴 안쪽을 비춰주고 있었다.

그 햇살이 너무도 밝아 눈살을 찌푸리면서도 문득 이곳에서의 일들이 머릿속에 떠올랐다.

"그래 모든 일들이 기적 같았으니… 여명(黎明)의 검술이 어떨까?"

[여명의 검술 스킬이 등록되었습니다.]
[만드라고라 흡수율이 100%에 달했습니다.]
[만드라고라의 영향으로 기이한 신체 변화가 일어났습니다.]
[레벨이 올랐습니다.]
[레벨이 올랐습니다.]
…….

띠리링——!!

[축하합니다! 조건이 달성되어 하급 어둠 정령술사에서 중급 어둠 정령술사로 진급에 성공했습니다.]
[어둠의 중급 정령 중 '루디오'의 소환이 가능합니다. 지금 즉시 소환하시겠습니까?]

"루디오? 다른 녀석들은…….”

[아직 숙련도가 부족합니다.]

"아… 그런 건가… 아니 굳이 지금 루디오 녀석을 소환할 필요…….”

후우웅──!!

칼라반의 말이 채 끝나기도 전에 그의 발밑으로 물감이 번지듯 어둠이 퍼져나갔다.

이어 솟아오른 어둠의 장막 속에서 누군가 빼꼼히 모습을 드러내었다.

새하얀 가면으로 반쯤 얼굴을 가린 루디오가 칼라반을 발견하자마자 그에게로 달려들었다.

"왕이시여—!!!!"

루디오는 두 팔을 번쩍 들어 올리며 칼라반을 끌어안았다.

"아니, 이래서… 어억……."

루디오는 칼라반의 얼굴에 자신의 얼굴을 격하게 비비며 온몸으로 반가움을 표현해내었다.

[중급 어둠의 정령 — 잔혹극의 광대 루디오를 성공적으로 소환해 내었습니다.]

오우거 무리

"오늘도 별다른 소식이 없는 건가요?"

"예… 아무래도 이번에는 꽤나 깊은 곳까지 가신 모양입니다."

"대체 뭐 어떤 장소길래 이렇게나 오래 걸려요?"

"흐음… 언뜻 봤을 때도 상당히 넓은 지역이었으니… 깊숙한 곳까지 가셨다면 이렇게 오랜 기간이 걸리는 것도 무리는 아닙니다."

여인, 헤이나의 물음에 유운량은 가볍게 차 한 잔을 기울이며 답했다.

헤이나는 유운량의 태평한 모습에 살짝 눈살을 찌푸렸다.

"거기엔 몬스터들이 득실거린다고 하지 않았나요?"

"그렇습니다. 몬스터들이 즐비하더군요."

"그런데도 어떻게 그렇게 태평한 모습을 하고 있을 수 있어요? 그런 몬스터들이 있다면……."

헤이나는 하던 말을 멈추었다.

공민이 약하기 때문에 몬스터들이 많은 그곳에 두면 위험하지 않겠냐는 말이 턱밑까지 올라왔지만 혹시나 실례가 될까 싶어 참았던 것이다.

그녀의 마음을 읽은 것인지 유운량이 슬쩍 입꼬리를 말아올렸다.

"혹시 주군을 걱정하고 계신 겁니까?"

"에…? 제가 왜요?"

유운량이 말하는 주군이 공민임을 잘 알고 있었기에 헤이나는 모른 척 고개를 돌렸다.

그녀의 반응에 유운량은 재밌는지 피식 웃으며 찻잔을 내려놓았다.

"감사 인사를 받으러 왔다는 분 치고는 자주 들르셔서 하는 말씀입니다. 거기다 몇 번씩이나 주군이 계신 쪽을 돌아보고 계시니……."

"아니, 도대체 그 녀석은……."

무어라 발끈하려던 헤이나는 유운량의 표정에 미간을 찌푸렸다.

"대체 뭐예요? 그 표정은."

"후후 글쎄요. 제 표정이 어떻다는 말씀이신지……."

"아아 됐고! 거기가 어디에요? 그냥 제가 알아서 찾을게요."

"직접 가시겠다는 말씀이십니까?"

"그러면 안 되는 이유라도 있어요?"

"아뇨. 그런 것은 아닙니다만……."

벌떡 몸을 일으킨 헤이나와 다르게 유운량은 여전히 유유자적한 모습으로 바깥을 바라보고 있었다.

잠시간 하늘을 바라보던 유운량도 서서히 몸을 일으켰다.

"그렇군요. 오늘이라면 연(聯)이 닿을지도 모르겠습니다."

"네?"

"주군이 계시는 곳으로 안내해드리겠습니다."

그는 파초선을 가슴팍으로 들어 올리며 바깥으로 나섰다.

안내해준다는 말에 헤이나도 순순히 유운량을 따라나섰다.

유운량이 헤이나를 데리고 간 곳은 일전의 폭포수 앞이었다.

쏴아아아—!!!

여전히 거칠게 쏟아져 내리는 폭포수 앞에서 헤이나는 멍하니 주변을 둘러보고 있었다.

"이런 곳이 있었네……."

"더 놀라운 것은 지금부터입니다."

유운량은 거침없이 폭포수 줄기 안쪽으로 발걸음을 옮겼다.

그 모습을 본 헤이나가 그를 말리려 했으나 유운량이 한발 먼저 안쪽으로 들어섰다.

유운량이 안쪽으로 사라져버리자 헤이나는 두 눈을 동그랗게 뜨면서도 폭포수 바로 앞까지 다가갔다.

그리곤 유운량을 따라 안쪽으로 걸음을 옮겼다.

"와아……."

눈앞에 펼쳐진 동굴에 헤이나는 저도 모르게 감탄을 내뱉고 말았다.

이 길이 익숙한 듯 유운량은 앞서 걸으며 길을 안내해주었다.

헤이나는 주변을 둘러보면서도 유운량을 놓치지 않기 위해 바짝 쫓아 걸었다.

이윽고 동굴의 끝자락에 다다르자 강렬한 햇살이 그들을 반겼다.

"라그나로크에 이런 곳이 있었다니……."

"세상은 본래 몰랐던 것으로 가득한 곳입니다. 우리가 모든 것을 예측하고 알아갈 수 없는 법이겠지요."

울창한 초목 앞에서 유운량이 고개를 두리번거렸다.

그 모습이 마치 무언가를 찾는 것 같았다.

헤이나는 잠자코 그의 다음 행동을 기다리면서도 연신 주변을 둘러보고 있었다.

사람의 때가 묻지 않은 자연 속에서 커다란 토끼 한 마리가 그녀를 바라보고 있었다.

"꽤나 몸집이 큰 토끼네……."

"이쪽으로 가면 될 것 같습니다."

"그곳에 공민이 있다는 얘기인가요?"

"흐음… 정확한 것은 아니나, 희미하게나마 이쪽 방향에서 주군의 기운이 느껴지는 것 같습니다."

유운량의 말에 헤이나도 그가 가리키는 방향을 바라보았다.

그러나 유운량의 말과 다르게 그녀에게는 별다른 것이 느껴지진 않았다.

반면 유운량은 확신에 찬 얼굴로 걸음을 옮겼다.

"아, 같이 가요!"

유운량이 먼저 걸음을 옮겨버리자 헤이나는 그의 뒤를 쫓았다.

이곳이 어디인지 종잡을 수 없으니 우선은 유운량의 감(?)을 믿어보는 수밖에 없었다.

두 사람이 한참을 걸어가던 중 앞을 막아서는 몬스터가 있었다.

"취륵—!"

오크 한 마리가 두 명의 인간을 발견하고 코를 킁킁 거리

나 홀로
이세계 플레이어   36

며 앞으로 나섰다.

그러다 유운량을 확인한 오크가 점점 뒷걸음질하기 시작했다.

"뭐야? 쟤는 왜 저러는 거야?"

처음 등장과 다르게 당황한 기색이 역력한 얼굴로 뒷걸음질하는 오크를 보며 헤이나가 고개를 갸웃거렸다.

"후후 저를 알아보나 보군요."

"당신을 알아본다구요?"

"예. 자랑은 아니지만… 주군께서 오크들을 사냥하실 때 곁에 붙어 있었습니다. 아무래도 그때 저희를 본 오크였던 모양이로군요."

"하아……?"

유운량의 말에 헤이나는 어처구니가 없었다.

세상에 오크를 사냥했다고 해서 오크가 인간을 보고 뒷걸음질하는 경우가 어디 있단 말인가!?

오히려 대부분 더욱 공격적으로 인간을 사냥하려고 나서는 경우가 더 많았다.

오크들을 많이 만나본 것은 아니지만 그래도 경험이 전무했던 것은 아니었기에 이 정도는 헤이나도 잘 알고 있었다.

그렇기 때문에 그녀는 지금 유운량이 자신을 놀리는 것이란 생각도 들고 있었다.

"미안하지만 내가 태어나서 오크를 처음 보는 건 아니거

든요?"

"그렇군요."

그녀의 말에 유운량은 가볍게 고개를 끄덕이는 것으로
넘겼다.

유운량이 대수롭지 않게 말을 받아넘기자 오히려 헤이나
만 할 말이 없어지고 말았다.

사실 그녀는 의심하고 있었지만 유운량은 그녀를 놀리려
는 의도가 아닌 정말 사실을 말해주었을 뿐이었다.

헤이나가 당시 오크들을 사냥하려 다녔던 칼라반과 유운
량의 모습을 직접 봤었다면 얘기가 달라졌을 테지만, 그녀
가 당시 그 자리에 있었던 것이 아니니 유운량의 말에 의
심스런 마음이 드는 것도 무리는 아니었다.

오크가 물러가고 한동안 길을 걸었음에도 그들을 막아서
는 몬스터는 따로 없었다.

아무래도 두 사람이 걷고 있는 영역이 오크들의 영역이
다 보니 오크가 아니라면 딱히 마주할 몬스터가 없었던 점
도 컸다.

"몬스터가 많다 길래 어느 정도인가 했는데… 생각보다
심심한 곳이었잖아…?"

언제 어디서 어떻게 몬스터가 튀어나올지 몰라 조금은
긴장한 마음을 갖고 있었는데 생각보다 조용한 상황으로
만 흘러가자 따분해진 듯 헤이나가 한껏 기지개를 켰다.

그녀와 다르게 유운량은 계속해서 고개를 두리번거리며

방향을 찾고 있었다.

그때 유운량이 파초선으로 한쪽을 가리키며 그녀를 돌아보았다.

"아무래도 헤이나님의 말이 씨가 된 모양이로군요. 손님들이 찾아온 것 같습니다."

유운량이 가리킨 곳에서 몇 마리의 몬스터들이 이쪽으로 다가오고 있었다.

"쿠워어어—!?"

"쿠어어어!!"

그들의 정체를 확인한 헤이나가 서서히 손을 풀기 시작했다.

"상위종인 오우거잖아?"

이마에 도드라진 뿔을 갖고 있는 오우거들이 헤이나와 유운량을 향해 접근해오기 시작했다.

유운량도 파초선을 슬쩍 들어올렸다.

그 모습을 본 헤이나가 앞으로 나서며 유운량을 말렸다.

"거기서 잠깐 기다리고 있어요. 쟤네 정도로는 준비운동도 안 되니까."

"알겠습니다."

헤이나의 말에 유운량은 순순히 뒤로 물러나주었다.

그러면서도 그는 헤이나의 실력을 지켜보기 위해 눈빛을 달리했다.

뚜둑.

가볍게 손을 풀어낸 헤이나가 오우거들의 앞으로 다가갔다.

　오우거들은 자신들의 앞으로 자신 있게 나서는 여인을 우두커니 바라보고 있었다.

　"뭐하고 있어? 들어와."

　그녀의 도발이 먹혀들기라도 한 것인지 오우거들이 한껏 괴성을 질러대며 헤이나를 향해 무작정 돌진하기 시작했다.

　녀석들은 육중한 몸을 하고서도 상당히 날렵한 움직임을 선보였다.

　그 모습에 유운량도 입을 열어 헤이나에게 경고를 보냈다.

　"조심하십시오. 오우거는 오크보다도 힘이 더 세고 특히나 녀석들의 피부는 마법에 대한 내성도 강하다 들었습니다만."

　"아아, 그런 걱정은 하지 않아도 되요."

　헤이나는 가장 먼저 달려든 오우거의 팔목을 가볍게 붙잡았다.

　휘릭—!

　콰지직!!!

　그녀의 팔뚝보다 세 배는 두꺼워 보이던 오우거의 팔목이 힘없이 비틀어지고 말았다.

　"크워어—!!"

오우거가 고통에 찬 비명을 질렀으나 헤이나는 여기서 멈추지 않았다.

파쾅—!

그녀의 주먹이 그대로 오우거의 복부에 작렬했다.

"끄어어……."

오우거의 배가 기이하게 보일 정도로 움푹 패여 들어갔다.

이때 다른 편에 서 있던 오우거가 헤이나를 죽이기 위해 팔을 휘둘렀다.

휘링—!

그러나 헤이나는 가볍게 오우거의 공격을 피해내며 양 팔을 들어올렸다.

"그 뿔은 얼마나 단단해?"

그녀는 오우거의 팔목을 한 손으로 붙잡아 그대로 바닥을 향해 업어쳐버리고 말았다.

쾅!

헤이나에게 들린 오우거의 얼굴이 그대로 지면에 꽂혔다.

"크와아!"

오우거는 성난 비명을 지르며 헤이나에게 반격을 가하려 했다.

그러나 헤이나의 움직임이 훨씬 더 빨랐다.

그녀는 거침없는 손속으로 오우거들의 팔과 다리를 제

기능을 못하도록 부러트려버리고 말았다.

"생각보다… 거칠고 과격하시군요…….."

헤이나의 싸움을 지켜본 유운량은 그제야 그때 론테르니 일행이 왜 그런 모습들을 하고 있었는지 어렴풋이 알 수 있을 것 같았다.

헤이나는 멈추지 않고 나머지 오우거들을 향해 다가갔다.

다섯 마리의 오우거는 괴성을 토해내며 헤이나에게 공격을 가했다.

그러나 녀석들은 그녀에게 어떠한 위해도 가하지 못하고 바닥에 처박히는 신세가 되고 말았다.

아니 애초에 그녀의 주먹을 단 한 번이라도 견뎌내는 오우거가 없었으니 이쯤 되면 오히려 오우거가 안쓰러워 보일 지경이었다.

순식간에 다섯 마리의 오우거를 해치운 헤이나가 별안간 어두운 얼굴로 유운량쪽을 바라보았다.

"왜 그러십니까?"

"오크면 몰라도 오우거까지 이곳에 있으면… 아무래도 공민이 위험할 것 같아서요."

"예……?"

"아마도 지금 공민의 실력으로 오우거까지 감당하기란 무리일 거예요. 특히나 한두 마리도 아니고 이렇게 여럿이서 달려든다면…….."

그녀는 당시 지켜봤던 공민의 실력을 떠올리며 말했다.

아무리 좋게 쳐줘도 오크 정도야 어찌어찌 넘어간다 해도 오우거까지는 정말로 무리인 듯싶었다.

그러나 그녀가 이렇게 말을 해도 유운량은 그다지 얼굴에 변화를 보이지 않았다.

오히려 그는 헤이나를 향해 고개를 저어보이며 안심하라는 듯 말했다.

"그리 걱정하실 필요 없을 겁니다. 헤이나님이 생각하시는 것보다 저의 주군께서는 훨씬 강하시거든요."

다른 누구보다 가장 지근거리에서 칼라반을 지켜봐온 유운량이었기에 할 수 있는 말이었다.

그는 정말로 칼라반을 걱정하지 않았다.

"후후, 그보다 저는 그동안 얼마나 성장을 이루어내셨을지 그게 궁금하군요. 워낙 뛰어난 분이시라……."

그는 홀로 흡족한 미소를 띠며 자신의 턱을 매만지고 있었다.

그런 유운량을 보며 오히려 이번엔 헤이나가 고개를 젓고 있었다.

"이상해… 아무래도 이상한 관계야……."

만약 자신이 이런 곳에서 혼자 있고, 그 사실을 리게로나 다른 사람들이 알게 된다면 분명 길길이 날뛰며 자신을 찾아 나설 것이 분명했다.

특히나 리게로 같은 경우 무심한 듯 보여도 누구보다 자신을 걱정해주는, 헤이나에게는 삼촌과도 같은 존재였다.

그러나 유운량에게선 리게로와 같은 모습은 전혀 찾아볼 수 없었다.

공민과 오랫동안 보지 못해 안절부절못해 하는 모습도 없었고 이런 위험한 지역에 공민 혼자 두고도 걱정하는 말 한 번 하지 않았다.

오히려 그는 공민이 얼마나 성장했을지 궁금하다는 혼잣말이나 해대고 있었다.

도무지 이해할 수 없는 상황에 헤이나는 연신 고개를 도리질 치고 있었다.

"음? 이건 뭐지?"

그때 헤이나의 시선에 들어오는 것이 있었다.

쓰러진 오우거의 손에 들린 검이었다.

문제는 검 손잡이 부분에 옷가지가 묶여 있다는 점이었다.

"아… 이건……."

그 검을 알아본 유운량이 돌연 어두운 표정을 짓고 말았다.

그 모습을 본 헤이나도 덩달아 굳은 얼굴로 그를 바라보았다.

"뭔데요?"

"이건 주군의 검입니다."

"공민의 검이라는 말인가요?"

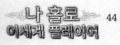

"그렇습니다……."

"그걸 어떻게 알죠?"

"검 손잡이에 묶인 옷가지입니다. 이건 오크들을 사냥하다가 검이 자꾸 미끄러지는 느낌이라며 주군께서 직접 옷을 찢으셔서 묶은 흔적입니다. 이렇게 하면 손잡이가 미끌거리지 않는다고 하셨습니다만……."

"에…? 자… 잠시만… 그러면 공민이 지금 오우거들에게 잡혀갔을 수도 있다는 말 아닌가요……?"

헤이나의 말에 유운량이 무겁게 고개를 끄덕였다.

칼라반과의 만남

"그럼 빨리 찾아야 할 것 아니에요!"

"그래야 할 것 같군요."

"일단 이쪽으로 가보죠."

헤이나가 오른편을 가리키며 말했다.

그러나 유운량은 조용히 주변의 나뭇가지 하나를 주워들었다.

그리곤 나뭇가지를 이용해 땅에 무언가를 그리기 시작했다.

갑작스런 유운량의 행동에 헤이나는 답답함을 드러내고 말았다.

"지금 뭐하고 있는 거예요?"

"잠시만 기다려주시겠습니까?"

"이렇게 그림이나 그릴 시간이……."

그러나 완성되어가는 모습을 보며 헤이나는 말을 멈추고 말았다.

단순한 그림이 아님을 알아차린 것이다.

"마법…진……?"

하나의 문양처럼 완벽하게 어우러진 진의 중심에서 유운량은 조용히 자리에 앉았다.

그리곤 눈을 감고 두 손을 진 위로 가져갔다.

헤이나는 그가 무엇을 하려는 것인지 몰라 우두커니 지켜보고 있을 수밖에 없었다.

우우웅—

유운량이 있는 진이 한 차례 빛나고 특이한 기운을 내뿜기 시작했다.

"대체 뭐 하는 사람이야…? 아무리 봐도 마법은 아닌 것 같고… 그렇다고 마법진이라고 하기엔……."

그녀가 혼잣말을 중얼거리는 사이 유운량이 감았던 눈을 떴다.

그리곤 파초선을 들어 곧바로 북서쪽을 가리켰다.

"이쪽입니다."

"갑자기 그걸 어떻게 알아요?"

"저곳에서 오우거들의 소리가 들렸습니다."

"에에…? 그게 말이 되요? 눈으로도 보이지 않는데 어떻게…….."

"후후, 조금 전까지 지켜보시지 않았습니까?"

더 이상의 설명은 필요 없다는 듯 유운량이 먼저 북서쪽을 향해 발걸음을 옮겼다.

그의 태도가 너무도 단호해 헤이나는 따로 의문을 드러내기도 어려웠다.

"뭐지? 뭔가 이상하게 자꾸 말리는 기분이야…….."

알 수 없는 기분에 고개를 갸웃거리면서도 그녀는 이번에도 유운량의 뒤를 따라가는 수밖에 없었다.

그렇게 한참을 북서쪽으로 이동하자 그들의 코끝을 찌르는 냄새가 있었다.

"피 냄새…….."

"지독하군요…….."

"이렇게 멀리까지 피냄새가 전해져 온단 말이야……?"

"흐음… 그렇군요. 상당히 많은 피를 쏟은 모양입니다."

"천천히 따라와요 제가 먼저 가볼 테니까."

파밧! 팟!

헤이나가 먼저 앞서나가며 몸을 날렸다.

그녀가 본격적으로 뛰기 시작하니 유운량으로선 전혀 따라잡을 수 없는 속도였다.

"허어… 정말 신체 능력이 엄청나신 분이로군요…….."

순식간에 앞으로 멀어지는 헤이나를 보며 유운량은 저도

모르게 혀를 내두르고 말았다.

그의 능력으로 그녀를 따라가기란 결코 불가능한 일이었다.

그보다 유운량은 피 냄새가 흘러들어오는 곳을 지긋이 바라보고 있었다.

"이렇게 멀리까지 피 냄새가 전해질 정도라… 이번에도 크게 한 바탕 하시는 모양이로군요."

그는 파초선을 들고 뒷짐을 진 채 유유히 걸음을 옮겼다.

조금 전까지 급하게 걸음을 재촉하던 그가 이렇게 여유로운 걸음을 가져가는 이유는 아주 간단했다.

멀리서부터 서서히 칼라반의 기운이 느껴지기 시작한 것이다.

그것도 이전과는 비교할 수 없을 정도로 강렬한 기운이었다.

"나참… 그 사이에 이토록 성장하시다니… 제가 곁에 없었던 몇 개월 동안 어떤 방법을 사용하신 겁니까."

말은 그렇게 하면서도 유운량은 흐뭇한 미소를 지울 수 없었다.

한편, 유운량을 두고 먼저 앞으로 달려나간 헤이나는 계속해서 속도를 높였다.

그녀는 할 수 있는 최대한 빠르게 하얀 연기가 자욱하게 피어나고 있는 곳으로 달려갔다.

파방!

달려가는 그녀의 앞으로 오우거 한 마리가 갑작스럽게 뛰어나왔다.

이를 본 헤이나가 주먹을 말아 쥐었다.

"비켜!"

그녀가 주먹을 힘껏 내지르자 오우거의 상반신이 그대로 날아가 버리고 말았다.

"너 따위에 지체 할 시간이 없단 말이야."

헤이나는 멈추지 않고 오우거 무리가 있는 곳으로 달렸다.

그리고 마침내 커다란 공터가 나왔을 때 그녀는 우뚝 발걸음을 멈춰 세우고 말았다.

눈앞에 펼쳐진 광경에 헤이나는 그저 두 눈만 꿈뻑거리고 있었다.

"이… 이게 대체 어떻게 된 거야……?"

그녀가 이렇게 놀라는 이유.

앞에는 수많은 오우거들의 시체가 즐비하게 널려 있었다.

오우거들의 시체에서 흘러나온 피가 온 대지를 적시고 있었다.

그뿐만 아니라 대지를 딛고 서 있는 오우거들의 모습도 피투성이를 한 녀석들이 많았다.

게다가 녀석들의 사이를 종횡무진하며 주먹을 휘두르고

있는 사내.

그 사내는 다름 아닌 칼라반이었다.

"저게 그 공민이라고……?"

헤이나는 직접 보고도 믿을 수 없어 몇 번을 눈을 비벼보았다.

그러나 눈앞에 보이는 사내는 틀림없는 칼라반이었고, 그는 거침없이 오우거들을 죽여 나가고 있었다.

칼라반은 마치 무언가에 홀린 것처럼 오우거들을 상대했다.

오우거들도 흉폭한 성정을 지닌 몬스터답게 지지 않고 칼라반에 맞섰다.

탄탄한 근육에서 비롯된 강력한 공격이 칼라반의 몸을 무차별로 때렸다.

"아……!"

오우거에게 맞으면서 계속 공격을 이어나가는 칼라반을 보며 헤이나는 절로 탄성을 토해내고 말았다.

여기저기 빗발치는 몽둥이들은 칼라반의 상반신과 하반신을 가리지 않고 사정없이 내리치고 있었다.

"뭐… 뭐하는 거야!? 오우거들의 공격은 피하면서 공격을 이어나가야지, 저건 너무 무식한 싸움 방법이잖아…? 자기 피부가 무슨 철갑옷이라도 되는 줄 아는 거야?"

그러나 칼라반은 전혀 오우거들의 공격을 피할 생각이 없어보였다.

그는 오우거들의 몽둥이와 주먹을 온 몸으로 받아내었다.

그러면서도 주먹을 휘두르고 발은 내지르며 오우거들을 공격하는 것은 멈추지 않았다.

칼라반의 과격한 싸움 방법에 헤이나는 기가 차서 말이 안 나올 지경이었다.

"아무래도 안 되겠는데……."

저렇게 계속해서 싸우다간 오우거들의 공격에 칼라반이 먼저 쓰러질 것만 같아보였다.

보다 못한 헤이나가 나서려는 때 유운량이 그녀를 말렸다.

"저것은 주군의 싸움입니다. 제 3자인 저희는 빠져있는 것이 주군을 도와드리는 길입니다."

"네? 지금 저 모습이 안 보여요?"

"잘 보입니다."

"그런데도 그렇게 태평한 말이 나온다구요? 당신 정말 공민을 따르는 사람이 맞는 건가요?"

"예. 그렇기 때문에 이렇게 가만히 있는 겁니다."

유운량의 말을 들으며 헤이나는 그저 헛웃음만 짓고 말았다.

그녀는 오우거의 공격을 모두 받아가며 싸우는 칼라반이나 이것을 그저 지켜보고만 있는 유운량이나 둘 다 제정신은 아니라 여겼다.

"지금 섣불리 주군을 도와드리려 하는 것은 그저 주군의 성장을 방해하는 것뿐입니다. 만약 필요한 일이 있으시다면 지금이라도 제게 말씀하시겠지요. 그러니 저는 그저 기다릴 뿐입니다."

헤이나의 마음을 읽기라도 했는지 유운량은 자연스레 말을 덧붙였다.

"아아⋯⋯."

지금의 그녀로선 유운량의 말을 온전히 이해하지 못할 것 같았다.

그러나 한편으로는 어떤 마음인지는 어렴풋이 느낄 수 있었다.

'두 사람 사이에 뭔가 대단한 신뢰라도 있는 건가⋯⋯.'

유운량을 한 번 바라본 헤이나는 다시 칼라반이 있는 쪽으로 시선을 옮겼다.

칼라반은 여전히 오우거들의 공격을 온몸으로 받아내며 오우거들을 처치하고 있었다.

그 사이에 오우거들의 숫자도 꽤나 줄어들어 있었다.

오우거들은 아무리 공격해도 쓰러지지 않는 칼라반을 보며 복잡한 눈빛들을 하고 있었다.

자신들의 공격에 금방이라도 쓰러질 것 같았던 작은 체구의 인간은 아직도 멀쩡한 모습을 한 채 공격해오고 있었다.

마치 성난 들짐승처럼 칼라반은 오우거 무리의 한복판에

서 계속해서 날뛰고 있었다.

"쿠르륵!!"

그때 누군가의 외침에 오우거들이 한쪽으로 비켜서기 시작했다.

후줄근한 넝마를 뒤집어쓴 오우거 한 마리가 칼라반을 향해 팔을 뻗었다.

그러자 그의 손끝에 뭉쳐있던 불덩이가 칼라반을 향해 날아갔다.

"저건 마법……!?"

오우거가 발현한 마법에 헤이나가 소리쳤다.

무아지경에 이르러 주먹과 발을 휘두르던 칼라반도 자신을 향해 다가오는 불덩이를 보았다.

그는 처음으로 몸을 날려 공격을 피해내었다.

지금까지 오우거들의 육탄 공격엔 신경 쓰지 않던 모습과는 확연히 대비되는 행동이었다.

"성가신 존재가 있었군."

마법을 부릴 줄 아는 오우거의 존재를 확인한 칼라반이 돌연 몸의 방향을 비틀었다.

그는 최우선적으로 마법을 사용하는 오우거를 죽이기 위해 몸을 날렸다.

다른 공격들은 그나마 금강지체 스킬을 이용해 버틸 수 있었지만 마법은 아니었다.

일전에 다른 오우거와 싸우다 마법에 당한 적이 있었다.

금강지체 스킬도 마법은 막아주지 못했는지 그 고통을 고스란히 느껴야 했다.

아직도 등의 그을린 자국들이 때로는 고통으로 찾아와 칼라반으로 하여금 잠을 설치도록 만들었다.

"쿠어어!!"

마법을 사용한 오우거가 무어라 소리치자 주변 오우거들이 녀석의 앞을 막아섰다.

칼라반의 돌진을 막아내기 위해 밀집한 것이다.

이를 확인한 칼라반이 내기를 발쪽으로 순환시켰다.

그는 경공을 펼쳐 허공으로 크게 도약했다.

그러자 하늘 높이 뛰어오른 칼라반의 몸이 단숨에 마법을 사용한 오우거의 곁에 다다랐다.

"쿠워어어—!?"

"그뤄어!!"

오우거들은 칼라반을 저지하기 위해 뒤늦게 움직였지만, 칼라반의 손속이 훨씬 빨랐다.

뚜둑—!

그는 단숨에 마법을 사용한 오우거의 뒤를 점하며 목을 비틀어버리고 말았다.

이를 본 다른 오우거들이 더욱 분노를 표출하며 칼라반을 향해 달려들려 했다.

그때.

"쿠롸아아—!!!"

강렬한 외침과 함께 커다란 뿔이 돋아난 오우거 한 마리가 모습을 드러내었다.

다른 녀석들보다 더 커다란 덩치에 이미 한 손에는 불덩이를 소환해 놓고 있었다.

"드디어 나타난 것 같군."

[보스 몬스터 오우거 족장 쿰바타가 출현했습니다.]
[쿰바타의 영향으로 오우거들의 사기가 증진합니다.]

쿰바타는 오우거들의 족장답게 독보적인 존재감을 드러내고 있었다.

녀석은 커다란 눈동자로 칼라반과 뒤에 있는 헤이나, 유운량까지 들여다보았다.

그러나 이내 칼라반에게로 시선을 옮겼다.

눈앞의 참혹한 광경을 만든 이가 바로 칼라반임을 잘 알고 있었기 때문이다.

더군다나 현재 칼라반은 동족의 피를 잔뜩 뒤집어 쓴 채였다.

단 한 명의 인간을 어쩌지 못하고 수많은 동족들이 죽었다는 사실에 쿰바타는 크게 분노하고 있었다.

"쿠라!!"

쿰바타가 손을 휘두르자 불덩이가 칼라반을 향해 빠르게 쏘아져나갔다.

칼라반은 날아드는 불덩이들을 피해내며 본능적으로 쿰바타를 향해 달려들었다.

"쿠카차!!"

쿰바타가 손가락으로 칼라반을 가리키자 한 줄기 전격이 쏟아져나갔다.

엄청나게 빠른 속도로 쏟아져 나온 전격에 칼라반은 순간적으로 반응하지 못하고 허벅지에 맞아버리고 말았다.

"크윽… 전격마법까지 다룰 줄 아는 건가……!?"

마법 중에서도 가장 다루기 힘들다는 마법이 바로 전격마법이었다.

그런 전격 마법을 오우거가 사용할 줄은 미처 짐작하지 못한 탓이다.

그래도 버텨내지 못할 정도의 위력은 아니었다.

칼라반은 우직하게 밀어붙이며 쿰바타를 향해 몸을 던졌다.

"쿠와아!!"

쿰바타가 커다란 주먹을 내지르자 칼라반도 허리를 크게 비틀며 동시에 주먹을 내질렀다.

"질풍수라권!!!"

휘우웅─!!!

파앙!!!

칼라반의 주먹과 쿰바타의 주먹이 강하게 부딪쳤다.

충격에 비명을 토해낸 것은 칼라반이 아닌 쿰바타였다.

칼라반의 주먹과 부딪힌 녀석의 주먹은 기괴한 모양으로 뒤틀려 있었다.

지켜보던 유운량과 헤이나도 적잖이 놀란 얼굴들이었다.

"허어……."

"이상해… 지금까지 보여준 움직임도 그렇고… 오우거의 주먹을 저렇게 만들어버릴 정도의 힘도 그렇고… 아무리 봐도 라모텔 따위에게 질만한 실력이 아닌데… 설마… 지금까지 실력을 숨기기라도 한 건가요?"

헤이나가 날카로운 눈빛으로 유운량을 바라보며 물었다.

그녀가 느끼기에 충분히 그렇게 생각할 수 있었지만 유운량은 그저 고개를 가로저을 뿐이었다.

"그렇지 않습니다. 그 사이에 저만큼이나 강해지신 겁니다."

"말이 돼요? 기껏 해봐야 그때 이후로 반년 정도 지났는데… 그 사이에 저만큼이나 강해졌다구요? 그 말을 지금 저더러 믿으라는 말인가요?"

"후후, 믿고 안 믿고는 헤이나님의 자유입니다. 다만 한 가지 분명하게 말씀드릴 수 있는 것은. 주군께선 앞으로도 더욱 크게 성장하실 거라는 점입니다."

유운량은 빛나는 눈빛으로 자신의 주군인 칼라반을 쫓고 있었다.

솔직히 말해 유운량도 작금의 상황을 헤이나에게 온전히 설명할 수 없었다.

가까이서 지켜본 그조차도 칼라반의 엄청난 성장에 감탄을 자아내고 있는 중이었으니 말이다.

묘한 관계

파방!

콰앙!!

칼라반과 쿰바타는 동시에 시원한 육탄전을 벌이기 시작했다.

쿰바타는 못 쓰게 된 주먹을 어떻게든 휘두르며 칼라반을 공격했다.

칼라반도 쿰바타의 공격을 정면으로 받아내며 한 치도 물러서지 않았다.

"쿠라라!!"

"크윽… 그래도 한 무리의 족장이라 이건가?"

칼라반은 쿰바타의 머리 위를 바라보았다.

쿰바타의 전투력은 25만을 가리키고 있었다.

뛰어난 신체능력에 마법까지 사용하니 결코 약한 상대라 말할 순 없었다.

그렇지만 칼라반이 이겨내지 못할 상대도 아니었다.

[금강지체 스킬의 효과가 한계에 다다랐습니다.]

칼라반은 눈앞에 나타난 메시지를 재빨리 확인했다.

"이렇게나 빨리 금강지체 스킬이 무너지다니……."

그는 더 이상 쿰바타의 공격을 몸으로 받아내지 않았다.

휘리릭―!

가벼운 움직임으로 쿰바타의 공격을 피해낸 칼라반이 순식간에 쿰바타의 품안으로 파고들었다.

"쿠카차차!!"

그러나 쿰바타도 만만치 않은 경험을 갖고 있는 싸움꾼이었다.

녀석은 어떻게 해서든 거리를 벌리기 위해 팔을 휘둘러 칼라반을 곁에서 떼어내 버렸다.

그리곤 재빨리 한 손을 들어 마법을 캐스팅하기 시작했다.

"그렇게 두진 않아."

칼라반은 대놓고 마법을 시전하고 있는 쿰바타를 향해

다시금 몸을 날렸다.

"수라월령보!"

파밧! 파바밧!

칼라반은 눈으로 쫓아가기 어려울 정도의 빠른 발놀림을 보이며 쿰바타의 지근거리까지 파고들었다.

미처 칼라반의 움직임을 따라가지 못한 쿰바타가 두 눈을 부릅뜨고 말았다.

그러나 녀석도 때마침 마법을 캐스팅해낸 상태였다.

쿰바타는 눈앞의 인간을 죽이기 위해 온 힘을 다해 마법을 쏟아내었다.

그의 몸집만한 불덩이가 칼라반을 덮쳤다.

"후웁……!"

칼라반은 쿰바타의 앞에서 주먹을 자신의 몸쪽으로 한껏 당겼다.

그리곤 거친 호흡과 함께 몸을 비틀며 주먹을 내질렀다.

"질풍수라권!"

칼라반의 주먹에 잠깐이지만 무형의 아지랑이가 피어올랐다.

그의 주먹이 쿰바타의 흉부를 가격하는 동시에 커다란 불덩이가 칼라반을 덮치려 들었다.

파쾅!

화르릉—!

"쿠카아악!!!"

쿰바타는 칼라반의 공격을 견뎌내지 못하고 저만치 떨어져나가고 말았다.

게다가 그가 마법으로 쏟아낸 불은 칼라반이 아닌 쿰바타를 집어삼키고 말았다.

"후우……."

칼라반은 간발의 차로 먼저 스킬을 꽂아 넣은 것에 안도의 한숨을 내쉬었다.

눈알이 뒤집히며 쓰러진 쿰바타는 피를 토해내기 시작했다.

강한 경련을 일으키던 녀석의 몸도 점차 안정을 찾아갔다.

띠링!

[보스 몬스터 오우거 족장 쿰바타를 처치했습니다.]
[오우거 족장 쿰바타의 내단을 획득했습니다.]
[경험치를 획득했습니다.]
[경험치를 획득했습니다.]
[레벨이 올랐습니다.]
[레벨이 올랐습니다.]
……

쿰바타를 처치한 덕분에 여러 메시지들이 눈앞에 떠올랐다.

칼라반은 주저 없이 쿰바타의 내단을 집어들었다.

그리곤 곧바로 자신의 입에 가져갔다.

[만독지체 스킬이 발동되었습니다.]

쿰바타의 내단을 삼키자마자 내력이 차오르는 것을 느낄 수 있었다.

"흐음… 생각했던 것보다는 효과가 적군……."

오우거 족장의 내단이라 내심 기대했건만 효과는 그에 미치지 못하는 것 같았다.

하지만 쿰바타를 처치하며 덩달아 레벨도 올릴 수 있었으니 그런대로 만족스러운 결과라 할 수 있었다.

이제 칼라반도 꽤나 성장을 이루었기 때문인지 레벨업을 하는 것도 여간 쉬운 일은 아니었으니 말이다.

"하긴… 그동안 많은 기연들 덕분에 내공의 양도 상당히 많아졌으니… 쿰바타의 내단으로 그리 큰 효과를 보지 못하는 것은 어쩌면 당연한 건가……."

혼잣말을 중얼거리며 고민에 잠겼던 칼라반은 그때서야 이곳으로 온 두 사람을 기억했다.

그는 몸을 돌려 유운량과 헤이나가 있는 쪽을 바라보았다.

"오랜만이로군, 운량."

"주군을 뵙습니다."

칼라반의 인사에 유운량은 한쪽 무릎을 꿇으며 공손히 고개를 숙여보였다.

유운량은 천천히 칼라반을 올려다보았다.

기껏해야 몇 달 정도 못 본 것뿐인데 눈앞에 서 있는 칼라반이 어딘가 낯설게 느껴졌다.

차분하게 가라앉아 있으면서도 그 안에는 거친 성질의 기운이 자리해 있는 것 같았다.

어디 그뿐인가!?

그의 모습이 전보다 거대해 보인다는 착각이 정도로 알 수 없는 아우라가 계속해서 느껴지고 있었다.

무엇보다 가장 달라져 있는 것은 바로 칼라반의 눈빛이었다.

여유로운 표정으로 서 있는 칼라반의 눈빛은 한층 더 깊게 가라앉아 있었다.

"그동안 많은 깨달음을 얻으셨던 모양이로군요."

"훗. 그렇게 바로 알아보면 재미가 없잖나."

"그토록 티를 내고 계시는데 어찌 몰라볼 수 있겠습니까."

유운량은 만족스러운 미소와 함께 더욱 칼라반을 우러러 보았다.

자신의 주군의 성장을 이렇게 확연히 느끼며 지켜볼 수 있다는 것이 그에게는 또 다른 인생의 즐거움이었다.

마치 유운량 자신이 더 성장한 것만 같아 뿌듯하면서도

자랑스러운 마음이 공존하고 있었다.

유운량이 감동에 벅차 있는 동안 헤이나는 뭔가 마음에 들지 않는다는 눈빛을 하고 있었다.

칼라반과 유운량의 사이에 차마 끼어들지 못하고 있던 헤이나는 더 이상 참을 수 없어 입을 열었다.

"그쪽 눈에 나는 안 보이나 봐?"

그녀의 툴툴거리는 듯한 말투에 칼라반이 천천히 고개를 돌렸다.

그의 깊은 눈동자가 헤이나를 곧바로 응시했다.

"그렇군. 그대가 있었지."

칼라반과 눈을 마주한 헤이나는 순간 아찔한 현기증을 느꼈다.

그리곤 이상한 기분이 들기 시작했다.

그의 눈동자를 바라보고 있으니 묘한 기운이 그녀의 전신을 감싸 안는 기분이었다.

"뭐… 뭐야……?"

헤이나는 갑자기 발그레 붉게 물드는 뺨에 두 손을 가져다대었다.

손바닥에 감각이 전해질 정도로 뺨에서 열기가 나고 있었다.

그녀는 다시 칼라반을 바라보았다.

머리와 수염은 덥수룩하게 길러져 있었고 옷도 다 헤진 상태였다.

다만, 전보다 체격이 더 커진 것처럼 느껴졌으며 해어진 옷 사이로 그의 튼튼한 근육들이 보이고 있었다.

잠깐이지만 칼라반을 찬찬히 훑어봤던 헤이나는 괜히 시선을 피해버렸다.

"헤이나라고 했었나?"

"뭐… 뭐야…? 언제 봤다고 그렇게 말을 놓고 그래?"

"후후, 그래서 불만인가?

"아니… 뭐 꼭 그렇다기보다…….."

"그러는 그쪽도 내게 말을 놓고 있지 않나?"

칼라반이 슬쩍 웃으며 그녀를 바라보자 헤이나는 이번에도 시선을 돌려버렸다.

그의 얼굴을 보고 있으니 문득 리게로가 곁에서 한 말들이 떠올라버린 탓이다.

거기다 마주하고 있는 칼라반의 분위기가 전과는 달라져 있어 그녀로서도 당황스러운 마음을 느끼고 있는 중이었다.

'뭐지…? 전에 봤던 것과는 또 다른 분위기인데…….'

그러면서도 그녀는 곁눈질로 칼라반을 한 번씩 쳐다보았다.

"그런데 이곳까지는 무슨 일이지?"

"아… 그… 그게…….."

칼라반의 질문에 헤이나는 순간적으로 말문이 막 탁 막혀버리는 기분이었다.

막상 칼라반을 만나면 화를 내거나 신경질부터 낼 줄 알
았는데 이런 식으로 당황하게 될 줄은 전혀 예상치 못한
일이었다.

그때 칼라반의 눈앞에도 새로운 메시지가 떠오르고 있었
다.

띠링—!

[만드라고라의 향이 체취에 남아 있습니다.]
[만드라고라의 효과가 발휘됩니다.]
[심마안이 개안된 상태입니다.]

'만드라고라의 효과…? 아차… 심마안까지……!'

몬스터를 사냥하는데 심마안이 생각보다 도움을 주었기
때문에 지금껏 발동시킨 상태였다.

그런 줄도 모르고 칼라반은 헤이나와 마주 본 것이다.

심마안의 효과와 만드라고라의 향이 아직 체취에 남아
있게 되면서 복합적으로 헤이나에게 작용해버리고 말았
다.

그러나 이런 사실을 전혀 생각지 못 했던 칼라반은 그저
헤이나의 반응에 어리둥절했을 뿐이다.

마찬가지로 헤이나 역시 작금의 자신 상태를 이해할 수
없어 괜히 입술을 떨었다.

"가… 감사 인사를 받으러 왔지! 그… 내가 도와준 것도

있는데 그렇게 입 싹 닫아버리면 좀… 너무한 것 아냐!?"

조금 마음이 진정되는 듯하자 헤이나가 다시 입을 열었다.

고개를 들어 칼라반과 다시 시선을 마주하니 이번에는 귓불마저 붉게 달아오르는 느낌이었다.

"아… 그런 거였나… 그러고 보니 그때 도움을 받았는데 미처 감사의 인사도 제대로 전하지 못했군."

칼라반은 순순히 헤이나를 향해 고개를 숙여보였다.

그가 갑자기 고개를 숙이자 헤이나는 괜히 새침한 표정을 지어보이며 그를 바라보았다.

"그때는 정말 고마웠다. 도와주지 않았다면 큰일을 치를 뻔했어."

"인사가 너무 늦는 것 아냐? 나는 당연히 깨어나자마자 내게 달려올… 아니……."

헤이나는 본인 스스로도 무슨 말을 하는 건가 싶어 입을 틀어막았다.

괜한 헛소리가 나오려는 것 같아 사전에 차단해버린 것이다.

"그런가. 그 점에 대해서는 미안하군. 내게도 사정이 있어 찾아갈 겨를이 없었다."

"사정?"

"그것에 대해선 제가 대신 답변해드리겠습니다."

잠자코 대화를 듣고 있던 유운량이 슬쩍 끼어들었다.

헤이나는 둘 사이로 끼어든 유운량을 바라보며 얘기 해 보라는 듯 그의 다음 말을 기다려주었다.

"주군께서 부상에서 회복하시는 동안… 사실 몇 번의 습격이 있었습니다."

"습격!?!?"

"예. 누가 주군을 노렸던 것인지는 아직 정확히 알아내지는 못했으나… 이제까지 겪어본 바로는 그저 주군의 현재 위치가 그런 자리인 듯싶더군요. 주군께서 온전히 회복하고 이렇게 수련을 하는 동안에도 거처에는 몇몇 침입자들이 존재했으니까요. 때문에 불특정 다수가 저마다의 이유로 주군의 목숨을 노리는 것이라 생각했습니다."

"으음… 굳이 그럴 필요가 있나? 어차피 블레이드 후보 중에서 1000위에 랭크되어 있으면 이렇다 할 힘도 없을 텐데……."

헤이나는 혼잣말을 중얼거리다가 아차 싶은 마음에 칼라반을 바라보았다.

저도 모르게 1000위의 블레이드 후보자가 별 볼 일 없다는 말을 꺼내버린 것이다.

"아… 아니 내 말은 그게 아니라……."

"아직도 습격자가 존재하는 건가?"

"그렇습니다. 그러나 주군께서는 따로 신경 쓰실 필요 없습니다. 그들을 막아내고 주군의 곁으로 다가오지 못하게 하는 것은 저의 역할이니. 앞으로도 제 선에서 처리해

놓도록 하겠습니다."

"고맙군."

정작 칼라반은 헤이나의 말실수에도 그다지 신경 쓰지 않는 눈치였다.

그의 알 수 없는 태도에 혼란스러운 것은 오히려 헤이나 쪽이었다.

블레이드 후보 1000위에 랭크되어 있으면서도 칼라반은 너무나도 여유로운 태도를 보이고 있었다.

뿐만 아니라 칼라반을 모시고 있는 유운량도 그 사실에 대해 그다지 신경 쓰고 있지 않는 눈치였다.

"뭐야!? 내가 이상한 거야?"

"뭐가 말이지?"

"아니… 네 목숨을 노리는 습격자가 있다는데도 그다지 이렇다 할 반응도 없고… 거기다 현재 너는 블레이드 후보 중에서도 가장 밑바닥에 있는 상태잖아? 이런 실력을 가지고도 가장 밑바닥에 있다는 것이 억울하지 않아? 왜 굳이……."

"전혀 신경 쓰일만한 것이 없다."

"어떻게 그럴 수 있지? 그럼 대체 너는 무슨 목적으로 블레이드 후보가 된 거야?"

헤이나는 참다 못해 근본적인 질문부터 던졌다.

그녀의 물음에 칼라반은 오히려 이상하다는 표정으로 그녀를 바라보았다.

그의 시선이 자신에게 닿자 헤이나는 괜히 또 움찔하게
되었다.

"당연한 것을 뭘 묻는 거지? 블레이드가 되기 위해서
다."

돌아온 서열전

"아⋯⋯."

칼라반의 말에 헤이나는 뒤통수를 한 대 얻어맞은 기분이었다.

스스로도 어리석은 질문을 한 기분이었다.

"그렇지⋯ 당연한 건데⋯⋯."

"물론 블레이드가 되는 것만으로 끝낼 생각은 없다."

"뭐?"

"블레이드는 내게 목표가 될 수 없다. 그저 수단일 뿐."

"수단? 그렇다면 네가 하고자 하는 것이 따로 있다는 말이야?"

"그렇다."

"그게 뭔데?"

"그것을 내가 너에게 알려줘야 할 이유가 있나?"

"알려 줘!"

"왜지?"

이번에는 정말 모르겠다는 듯 칼라반이 동그래진 눈으로 그녀를 바라보았다.

그가 생각하기에 헤이나와 제대로 이야기 한 것은 이번이 처음이었다.

어떻게 보면 이제 겨우 얘기 몇 마디 정도 나눠본 것뿐인데, 그런 그녀에게 왜 이런 것까지 왜 말해야 한단 말인가!?

칼라반으로선 전혀 이해가 되지 않는 말이었다.

반면 한쪽에 물러서서 얘기를 듣고 있던 유운량은 홀로 고개를 끄덕이고 있었다.

그들이 투닥거리는 모습을 보고 있으니 칼라반마저도 딱 저 나이 또래로 보였다.

"청춘인 겁니까? 후훗…….."

그는 헤이나와 칼라반을 번갈아 보며 파초선으로 입가를 가렸다.

"너는 잘 모르겠지만. 내가 지난번에 너를 도와준 바람에 이미 라그나로크 안에도 소문이 퍼져 버리고 말았어. 너와 내가 그… 아무튼…! 그것 때문에 나를 싫어하던 블레이드 후보들이 괜히 검끝을 너한테 돌리고 있다는 얘기까지도 전해지고 있단 말이야. 그러니 습격자들이 잦은 이유에 분명 내 책임이 없진 않겠지."

"그게 어째서 내가 네게 속내를 말해야 할 이유가 되는 거지? 나는 그것에 대해 전혀 신경 쓰고 있지 않으니 걱정하지 않아도 된다."

"하… 내가 신경 쓰여서 그래. 내가! 이제 됐어? 괜히 나 때문에 네가 피해를 받는 것 같아서 신경 쓰여서 그런 거라고……."

"그런가……."

헤이나의 말에 칼라반이 잠시 생각을 곱씹어보았다.

생각해보니 그녀의 말도 어느 정도 이해가 되었다.

그렇지만 여전히 의문이 남는 것이 있었다.

"그래서 내가 그것에 대해 말을 한다면 뭘 어쩌려고 그러는 거지?"

"하아? 거참 되게 비싸게구네… 그냥 말할 수 있는 것 아냐!?"

"글쎄… 그것은 생각하기 나름이겠지."

"너 지금 네 눈앞에 있는 내가 어떤 사람인지는 알고 있는 거지?"

"잘 알고 있다. 이름은 헤이나 아닌가?"

"그렇지… 에? 뭐야 설마 그게 끝이야……?"

"더 알아야 하나?"

칼라반의 물음에 헤이나는 그저 기가 찰 노릇이었다.

힘이 곧 권력인 라그나로크에서 이제 겨우 1000위에 랭크된 블레이드 후보가 자신 앞에서 이런 태도라니…….

'확 뒤집어엎을까?'

평소라면 그렇게 했겠지만 이번에는 어쩐 일인지 그럴 수 없었다.

아니 그러지 못하겠다는 말이 더 어울릴 법했다.

선뜻 행동하기도 어려웠을 뿐더러 막상 칼라반과 마주하니 아직까지도 마음이 진정되지 않는 기분이었다.

칼라반에게 남아 있는 만드라고라의 향 때문이었지만 그녀로선 이 같은 일을 알 길이 없었다.

이런 적이 헤이나 스스로도 처음이라 그녀는 자꾸만 헝클어지고 있는 머릿속을 어찌할 줄 몰랐다.

"나참… 다른 녀석들 같았으면 벌써 말했을 텐데…….."

확실히 지금까지 라그나로크 안에서 만난 이들과 칼라반은 달랐다.

그 이전부터 그동안 그녀가 봐왔던 사람들과는 다른 타입일 것이라 생각해 왔지만, 막상 이렇게 칼라반과 얘기를 나눠보니 그것을 더욱 확실히 느낄 수 있었다.

그녀가 혼란스러워 하는 듯한 모습을 보이자 칼라반도 하는 수 없이 말을 더해주었다.

"나는 아직 너를 믿을 수 없다."

"뭐?"

"그렇지 않은가? 그대가 나를 도와준 것은 분명 고마움을 느끼고 있다. 하지만 이곳 라그나로크는 기본적으로 힘에 의해 지배되는 곳이라 들었다. 블레이드는 제국을 겨눌 검이 될 수 있을 만큼 강한 존재여야 하는 데다, 라그나로크라는 집단 자체가 제국에 반하는 집단이기 때문에 점차 힘을 우선시하게 되었다고 들었지. 그런 라그나로크에서 널 처음 만났고 나는 아직 네가 누구인지, 어떤 사람인지 정확히 알지 못한다. 그런 상황에서 너를 전적으로 믿을 수 있다는 것이 오히려 더 어려운 일 아니겠나?"

"그건 그렇지."

"그러니만큼 더 조심할 수밖에 없다."

이것은 수많은 전쟁터를 겪은 칼라반의 버릇이기도 했다.

수많은 암습과 음모가 오가는 전쟁터 속에서 다른 누군가를 믿는다는 것은 쉽지 않은 일이었다.

게다가 칼라반은 가장 믿었던 이에게도 배신을 당했으니 누군가를 섣불리 신뢰하기란 더더욱 어려운 일이었다.

이 같은 사정을 전혀 모를 수밖에 없는 헤이나는 그저 무겁게 고개를 끄덕였다.

그렇지만 그녀가 생각하기에도 칼라반의 말에 틀린 것은 없어 보였다.

스스로 생각해보아도 감사 인사를 받으러 왔다는 자신이 멋대로 칼라반에게 속내를 털어놓아 보라고 말하는 것도 사실은 웃긴 일인 듯싶었다.

평소 같았으면 그러려니 하며 넘겼을 일인데 이번에는 어쩐지 서운한 마음이 조금씩 일고 있었다.

그렇지만 밖으로 티를 내거나 하진 않았다.

"듣고 보니 네 말이 맞네. 내가 네게서 그런 얘기를 듣고 싶어 했던 이유는… 사실 간단해."

"뭐지?"

"그냥 도와주고 싶어서."

"그대가 나를? 어째서?"

"그건……."

나름대로 진심을 말하기 위해 솔직해지긴 했지만, 이어지는 칼라반의 냉정한 질문에 헤이나는 또다시 말문이 막힐 수밖에 없었다.

이번에야 말로 그녀 스스로도 질문의 답을 알 수 없었기 때문이다.

분위기에 휩쓸린 것인지 갑자기 솟아난 감정들에 뒤덮인 것인지 헤이나 스스로도 왜 이런 말을 했는지 알 수 없었다.

그녀가 곤란해 하는 듯하자 유운량이 자연스럽게 대화에 끼어들었다.

"아마 헤이나님께서도 미안한 마음에 그렇게 물어보셨

을 겁니다. 게다가 알아보니 헤이나님은 현재 10위에 랭크되어 있는 블레이드 후보님이십니다. 그러니 도움을 받고자 한다면 정말 많은 도움을 받을 수 있을 지도 모릅니다."

칼라반은 가볍게 고개를 끄덕였다.

다른 건 몰라도 그도 이미 헤이나가 얼마나 강한지는 충분히 느낄 수 있었다.

그의 눈에 여전히 헤이나의 전투력은 물음표로 나타나고 있었다.

그 말은 즉, 이렇게 강해진 지금까지도 헤이나의 전투력은 가늠할 수 없다는 얘기였다.

칼라반의 행색을 한 차례 훑어본 유운량이 조심스레 말을 꺼내었다.

"그나저나… 주군께서는 이곳에 더 머무실 생각입니까?"

"음……."

칼라반이 한쪽으로 시선을 옮겼다.

사실 그는 동굴 밖으로 나와 쫓는 녀석이 있었다.

그는 녀석을 이 숲의 실질적인 지배자로 생각했다.

단 한 번이었다.

녀석은 분명 어딘가에서 자신을 바라보고 있었음을 확신할 수 있었다.

칼라반은 이곳에 와서 지금껏 그만큼 강렬한 기운을 느

겼던 적이 없었다.

그는 호승심에 곧바로 녀석을 쫓아 나섰으나 애석하게도 녀석을 찾을 수 없었다.

그러다 오우거들을 마주치기 시작했고 본격적으로 오우거 사냥에 나섰던 것이다.

"그래… 어쩌면 아직은 시기상조일지도 모르겠군……."

솔직하게 말해 처음 그 기운을 느꼈을 땐 저도 모르게 손을 바르르 떨고 있었다.

그만큼 그 기운은 강렬했고 거대하게 느껴졌었다.

녀석을 쫓긴 했지만 혹시나 감당할 수 없는 상대라면 그저 정체만 확인하고 돌아설 생각도 없진 않았다.

다만, 막상 마주하게 될 경우 어둠의 정령까지 불러내어 온 힘을 다해 상대해보고 싶은 마음이 더욱 크긴 했었다.

그렇게 새로운 목표를 정해두고 있었지만 지금은 그 기운이 다시 느껴지지 않아 아쉬운 입맛을 다시고 있던 차였다.

"좀 더 강해지고 나서 녀석을 찾아봐야겠군."

파스스스―!

파스스!!

그때 나무들이 격렬히 움직이기 시작했다.

"크루엉!!!"

거대한 덩치의 몬스터가 나무를 헤치고 걸어 나왔다.

자신의 팔만큼이나 거대한 나무기둥을 들고 있던 몬스터가 코를 벌렁거렸다.

[던전 몬스터 트윈헤드트롤이 나타났습니다.]

"트윈헤드트롤?"

오우거들보다도 더욱 거대한 덩치의 트롤은 옆에 서 있는 큼지막한 나무와도 비슷한 키를 자랑했다.

특이한 점은 머리가 두 개인데다 일반적으로 봐왔던 트롤들보다도 컸다.

유운량은 호기심 어린 눈빛으로 녀석을 바라보고 있었다.

초록빛 피부에 넝마가 된 가죽을 걸치고 있는 트윈헤드트롤이 큼지막한 눈으로 이쪽을 바라보았다.

"허어… 정말 거대한 녀석이로군요…….."

"당연하지. 트윈헤드트롤이라면 오우거보다도 상위 포식자니까. 아무래도 오우거들의 피 냄새를 맡고 여기까지 온 모양이네."

헤이나는 가볍게 손을 풀며 앞으로 나섰다.

그 모습을 본 칼라반이 입을 열었다.

"직접 나설 생각인가?"

"응."

"내가 처리해도 된다. 그러니……."

"아니. 네 덕분에 머리가 복잡해져서 이렇게라도 몸을 좀 움직여야겠어. 게다가 네가 나를 못 믿겠다고 하니 이런 거라도 좀 하면서 신뢰를 쌓아보려고."

"흐음… 이렇게까지 하려는 이유를 모르겠군."

"나도 몰라. 길게 생각하지 않기로 했거든. 그리고 어차피 나는 내 멋대로 구는 성격이니까 그냥 그쪽에서 그러려니 해."

"알겠다."

칼라반은 앞으로 나서려다 잠자코 뒤에 섰다.

사실 그도 헤이나의 실력을 제대로 지켜보고 싶긴 했다.

헤이나는 고개를 들어 슬쩍 위를 올려다보았다.

"크르릉—!!"

트윈헤드트롤은 자신보다 한참 작은 인간을 내려다보며 턱을 긁적였다.

녀석은 곧 음험한 눈으로 헤이나를 훑기 시작했다.

네 개의 눈동자가 굴러다니는 모습이 징그러워 보일 정도였다. 트윈헤드트롤은 말없이 나무기둥을 하늘 높이 들어올렸다. 정작 헤이나는 트롤의 공격을 피하지 않고 가만히 지켜보고 있었다.

휘우우웅—!!!

콰앙!!!

트윈헤드트롤이 강하게 휘두른 나무기둥이 그대로 헤이

나가 있는 곳에 처박혔다.

"내가 예쁜 것은 알지만 어딜 건방지게 그런 눈으로 나를 내려다 봐? 한낱 몬스터 주제에."

한 손으로 나무기둥을 막아낸 헤이나는 멀쩡한 모습으로 트윈헤드트롤을 바라보고 있었다.

그녀는 땅을 박차며 순식간에 트윈헤드트롤의 머리 위로 몸을 날렸다.

헤이나는 천천히 한쪽 발을 들어올렸다.

이어 들어 올린 발이 빠른 속도로 트윈헤트롤의 한쪽 정수리를 내리찍었다.

"얌전히 머리 처박고 있어."

휘콰아앙—!!!

"쿠륵—!!"

단 일격이었다.

트윈헤드트롤은 단말마의 비명과 함께 그대로 지면에 커다란 머리를 처박고 말았다.

헤이나는 이어 다른 쪽 머리도 지면에 박아버렸다.

트윈헤드트롤의 머리가 박힌 지면은 얼굴의 반절만큼이나 움푹 패여 있었다. 순식간에 트윈헤드트롤을 처리해낸 헤이나가 슬쩍 칼라반쪽을 바라보았다.

칼라반도 말없이 헤이나쪽을 바라보고 있었다.

왠지 모르게 지금 이 순간 칼라반의 눈은 묘하게 복잡한 심정을 드러내고 있는 것 같았다.

* * *

"음? 그 사이에 이런 것이 도착해 있었군요."

유운량은 집 언저리에 놓아진 종이를 집어 들었다.

붉게 수놓아진 테두리 덕분에 눈에 띄는 종이였다.

종이를 알아본 헤이나가 곧바로 아는 체 했다.

"음? 그건 관리부에서 서신을 보낼 때 쓰는 종이인데?"

"관리부에서 말입니까?"

"무슨 내용이에요? 관리부에서 이쪽으로 서신을 보낼 이유가 있나?"

유운량은 곧바로 종이에 적힌 내용을 읽어보았다.

헤이나는 어느새 자연스럽게 유운량의 옆에 자리 잡고 있었다.

"칼… 아니 공민님."

유운량의 부름에 조용히 씻을 준비를 하던 칼라반이 그를 돌아보았다.

유운량은 그에게 보여주듯 종이를 펼쳐보였다.

"서열전에 참석하시라는 내용입니다."

"서열전에?"

"예. 그때도 말씀드렸다시피 반년에 한 번 정도는 꼭 참석해야 한다는 내용이 있는데 지금이 딱 그 시기인 듯하군요."

"그렇군……."

칼라반은 그제야 그때 들었던 내용을 기억했다.

그도 분명 기억하고 있었다. 블레이드 후보는 1년에 두 번 정도 서열전에 필히 참석해야 한다는 내용을 말이다.

월하(月下)

"벌써 시간이 그렇게 되었나?"

그 말은 즉 첫 서열전을 치르고 어느덧 반년의 시간이 흘렀다는 얘기였다.

헤이나는 토끼처럼 눈을 동그랗게 뜨며 칼라반을 바라보았다.

"어떻게 할 거야? 서열전에는 갈 거지?"

"물론이다. 꼭 참석해야 한다면 그리 해야겠지."

"너 설마 이번에도 기권하려고……?"

"그럴 생각이다."

"아냐, 이번에는 그러지 않는 게 좋아."

"왜지?"

"이번 서열전은 아마 평가전일거야."

"평가전?"

"블레이드 후보들에게 적절한 임무를 부여하기 전, 마지막으로 실력을 체크하는 서열전 말이야. 높은 서열일수록 좋은 임무를 부여받게 돼. 그 임무를 성공적으로 수행해내기만 해도 원로들에게나 라그나로크 사람들에게 좋은 평가를 받는다고. 거기다 임무에 대한 보상도 생각보다 엄청 좋아."

"보상이라……."

"다들 기를 쓰고 경쟁하는 데엔 다 그만한 이유가 있는 법이라고."

"그렇군."

그러나 칼라반의 표정은 별다른 변화를 보이지 않았다.

아무런 표정을 보이지 않으니 헤이나로서도 칼라반의 속내를 알 길이 없었다.

"이럴 때 보면 참 파악하기 힘든 스타일이네. 아니지… 지금 생각해보니 그냥 종잡을 수 없는 남자인지도……."

헤이나는 칼라반을 지켜보며 고개를 절레절레 흔들었다.

그러고 보니 자신이 어쩌다 여기에 계속 있는지도 이제는 그것마저 오리무중이었다.

"같이 갈 건가?"

"어… 어?"

"서열전 말이다."

"아니 그게…….."

칼라반의 갑작스런 물음에 헤이나는 또다시 당황하고 말았다.

갑자기 이렇게 직접적으로 물어올 줄은 몰랐던 탓이다.

"나는 아직 근신처분이 풀린 게 아니라… 거기다 서열 100위 안에 있는 블레이드 후보들부터는 서열전도 필수는 아니라 딱히 상관없기도 하고…….."

"그런가. 아쉽게 되었군. 그렇다면 할 수 없지."

"뭘 할 수 없어?"

"응? 같이 못가니까 나 혼자 가겠다는 말이었다."

"…그 보통 한 번 거절하면 두 번 정도 물어보지 않나?"

"굳이?"

"아… 아니…….."

칼라반의 반응에 헤이나는 나직이 한숨을 내쉬고 말았다.

어쩌다보니 이번에도 그녀가 원하는 방향이 아닌 다른 방향으로 말려들어간 느낌이었다.

"됐어. 내가 알아서 할게."

"원래부터 그런 성격이라고 하지 않았나?"

"어우… 어쨌거나 한번 따라가 보는 게 좋겠어."

"서열전도 치르지 않는데 따라오겠다는 건가? 거기다

근신처분도 안 풀렸다면서?"

"그래서 싫어? 언제는 같이 가자며!?"

"그건 그냥 해본 말이었다."

"아니 진짜……!!"

"후후, 농담이다."

헤이나의 반응에 칼라반이 웃음을 터트렸다.

그 모습에 헤이나는 오히려 멍한 얼굴로 그를 바라보기만 했다.

그녀의 반응이 이상해 칼라반이 다시 입을 열었다.

"왜 그러지? 그런 눈으로 날 쳐다보고."

"그냥… 그렇게 웃는 모습은 처음 본 것 같아서. 그렇게 웃을 줄도 아는구나……."

"후후, 나도 다른 이들과 똑같은 사람이다. 당연히 웃는 모습이 있지 않겠나."

"그러네… 다만 평소에는 무슨 생각을 하는지 알 수 없을 정도로 무표정이라. 거기다 한 번씩은 화가 나있는 것 같아 보였거든. 대체 무엇에 대해 그렇게 화가 나있는지는 모르겠지만 말이야."

헤이나는 칼라반의 앞에서 솔직하게 자신이 했던 생각들을 털어놓았다.

다른 이들 앞에서는 이 정도로 그녀의 생각을 털어놓거나 하지 않는 편인데 이상하게 칼라반의 앞에 있으니 머릿속 말들이 막힘없이 나왔다.

그녀의 말에 칼라반은 말없이 먼 산을 바라보았다.

"글쎄… 세상에 화가 나있는 건지… 아니면 그들에게 화가 나있는 건지… 그것도 아니라면 나 스스로에게 화가 나있는 건지… 그래, 어쩌면 모두 다 일 수도 있겠군."

"뭐……?"

쓸쓸한 그의 눈빛에 헤이나의 얼굴도 덩달아 어두워졌다.

칼라반의 눈에 담긴 저 응어리들이 대체 무엇을 의미하는지는 모르겠지만 그녀도 어렴풋이 알 수 있었다.

당장 자신이 쉽게 관여할 수는 없는 일임을 말이다.

'대체 어떤 삶을 살아왔길래 저런 얼굴을 할 수 있는 건지…….'

그동안 계속 그녀가 칼라반을 은근히 신경 써왔던 이유 중 하나도 바로 저 얼굴이었다.

가끔 스쳐 지나가는 쓸쓸함과 고독함이 보일 때면 괜히 헤이나의 신경을 건드렸다.

칼라반은 서열전을 치르러 갈 때까지 휴식을 취하는데 집중했다.

사실 칼라반의 입장에서는 딱히 휴식을 취할 필요가 없다 생각했지만, 곁을 지키는 운량이 강건한 목소리로 휴식을 취해 달라 부탁하니 그렇게 행동해 주었다.

칼라반이 이곳에서 며칠 동안이나 휴식을 취하는 동안 헤이나도 거처로 돌아가지 않고 그들과 함께 머물렀다.

운량이 해주는 밥이 맛있다는 귀여운(?) 핑계를 대면서 머물렀지만 칼라반과 유운량 둘 모두 크게 신경 쓰지 않는 눈치였다.

그들이 휴식을 취하는 도중에도 헤이나는 몇 번씩 자리를 비우곤 했다.

그래도 그냥 머무는 것이 미안했는지, 그녀는 매 시간마다 주변을 경계하러 나갔다.

혹시나 칼라반을 습격하기 위해 다가오는 자들이 있다면 운량의 손을 거치기도 전에 헤이나의 손에 먼저 끝장날 터였다.

운량은 헤이나에게 손님으로 왔으니 그럴 필요까지 없다며 말렸지만, 그녀도 한 고집하는 성격인 탓에 운량의 말을 잠자코 들어주진 않았다.

그렇게 며칠을 지내던 중 늦은 밤.

많은 생각에 뒤척이던 칼라반은 더 이상 잠을 청할 수 없어 조용히 바깥으로 나왔다.

그동안은 몸보다는 마음의 휴식을 취한다는 생각으로 있었지만 오늘 만큼은 가볍게나마 몸을 움직이고 싶었다.

유운량은 칼라반이 언제든 검을 찾을 수 있도록 몇 자루의 검을 한쪽 창고에 가져다 두었다.

칼라반은 그 중 한 녀석을 들었다.

그리곤 거처 주변의 드넓은 평야지대로 향했다.

어둑한 밤하늘을 둥근 보름달이 밝게 비춰주는 덕분에

사위를 분간하는 데엔 전혀 어려움이 없었다.

"하긴… 내게는 딱히 상관없는 일이긴 하군. 어차피 내게 어둠은 익숙한 것이니까…….."

어둠 정령들을 다루며 가장 친숙한 것이 사실은 어둠이기도 했다.

많은 이들이 어둠을 접하면 공허함과 두려움, 공포 등을 느끼지만 자신은 달랐다.

그는 어둠이 오히려 친숙해 편안함과 안정감을 얻을 수 있었다.

이 어둠이 있으면 어둠의 정령들과 함께 있다는 느낌을 받을 수 있었으니 말이다.

스륵—

칼라반은 오른손의 검을 수평으로 천천히 들어올렸다.

그러자 달빛을 고스란히 받은 검날이 찬란한 예기를 드러내었다.

그는 천천히 몸 안의 내기를 다스려보았다.

그의 단전에 자리 잡은 웅혼한 내공이 칼라반의 의지를 따라 서서히 움직이기 시작했다.

휘이잉—!

후우웅!!!!

칼라반은 동굴에서 깨우친 여명의 검술을 펼치며 천천히 움직였다.

그의 검끝이 격렬히 움직일 때마다 뻗어나간 검기가 허

공을 사정없이 갈랐다.

여명의 검술을 다 펼치자마자 자연스럽게 아수라의 검법으로 옮겨갔다.

여명의 검술이 거칠고 격렬한 움직임을 주로 한 패도적인 검술이라면, 아수라에게 배운 검법은 유(流)에 강(强)을 더한 움직임이었다.

스르륵.

칼라반의 검술이 무아지경으로 이어질 때 어둠속에서 어둠 정령들이 모습을 드러내기 시작했다.

그들은 넋을 잃은 것처럼 칼라반의 검무를 바라보고 있었다.

그동안 지켜봐왔던 칼라반과는 사뭇 다른 모습이었기에 어둠의 정령들로서도 이런 칼라반의 모습이 낯설고 새롭기만 했다.

어둠의 정령들이 숨죽이며 지켜보는 가운데 칼라반은 멈추지 않고 계속해서 검술을 펼쳐보였다.

그의 검기들이 숱한 아지랑이를 일으키며 밤하늘을 수놓고 있는 때 어둠의 정령들이 돌연 한쪽을 바라보았다.

그들은 이곳으로 다가오는 인기척을 느끼며 다시금 천천히 어둠 속으로 모습을 감추었다.

칼라반 또한 이곳으로 다가오는 기척을 느꼈으나 크게 신경 쓰지 않았다.

기척의 주인이 누구인지 굳이 확인하지 않아도 알 수 있었으니 말이다.

헤이나는 먼발치서 칼라반을 바라보고 있었다.

그녀가 지켜보고 있다는 것을 알고 있으면서도 칼라반은 움직임을 멈추지 않았다.

아니 한 번 시작한 검술의 움직임을 멈출 수 없다는 표현이 더 잘 어울리는 듯했다.

그동안 익혔던 검술을 다시 되뇌듯, 눈앞에 가상의 상대가 자리한 듯 계속해서 검을 움직였다.

"……."

헤이나는 그런 칼라반을 우두커니 바라보고 있었다.

그녀는 칼라반이 검술을 수련하는데 방해가 되지 않도록 아무런 움직임도 보이지 않았다.

"후욱… 후욱…… ."

마침내 검술을 모두 펼쳐낸 칼라반이 거친 숨을 토해내며 검을 내렸다.

계속해서 검기를 끌어내다보니 단전에 자리해 있던 내공도 상당히 소모된 상태였다.

무엇보다 집중이 흐트러지지 않도록 이어가려 하다 보니 심력의 소모도 상당했다.

"이 밤에 뭐하고 있는 거야?"

"보면 모르겠나. 검술을 수련하고 있었다."

"그건 나도 봐서 알아. 내가 묻고 싶었던 건 이런 밤중에 왜 갑자기 검술을 수련하고 있냐는 말이야."

"흐음… 글쎄… 과거의 편린에 쫓겼기 때문이라 해야 하나."

"과거의 편린……?"

헤이나는 아리송한 말에 고개를 갸웃거렸다.

그러나 칼라반은 더 이상 설명하지 않고 그저 밝게 빛나는 달만 올려다보고 있을 뿐이었다.

그런 칼라반의 뒷모습에 알 수 없는 쓸쓸함이 느껴져 헤이나는 또다시 입술을 샐쭉거렸다.

사실 그녀는 오늘도 밤중에 이곳으로 숨어들려는 습격자가 있나 싶어 주위를 돌아다녀보고 온 참이었다.

유운량에게 들으니 생각보다 습격자들이 많았던 것 같아 남모를 미안함을 느끼고 있었기 때문이다.

게다가 내일이면 칼라반이 서열전을 치르러 간다.

그런 만큼 그가 조금이라도 편하게 쉴 수 있도록 해주고 싶기도 했었다.

다행히 아무런 인기척도 느껴지지 않아 안심하고 돌아오려는 때 그녀에게도 제법 강렬한 기운이 느껴졌다.

그 기운을 느끼고 이곳으로 와서 보니 칼라반이 검을 들고 검술을 펼치고 있었던 것이다.

그것도 저렇게나 쓸쓸하고 공허한 얼굴을 하고서 말이다.

"오늘도 주변 경계를 다녀와 준건가?"

"응? 아… 그냥 심심하기도 하고… 또 괜히 나 때문에 이런저런 일 휘말리게 하고 싶지도 않고…….”

“그렇군… 밤공기가 차다. 우린 괜찮으니 이제 그만 들어가서 쉬어라.”

“응? 난 괜찮아. 게다가 워낙 튼튼한 몸이라 이 정도로는 뭐…….”

칼라반의 나직한 목소리에 헤이나는 저도 모르게 귓불을 붉혔다.

단지 그의 목소리를 듣는 것뿐인데도 이상하게 얼굴이 달아오르는 느낌이었다.

“내가 진짜 미쳤나…….”

평소 같았으면 관심도 없을 사내인데 이렇게 곁에 머무는 것도 이상했고, 본인이 이렇게나 신경써주고 있다는 것도 신기했다.

헤이나도 본인 스스로 왜 이러는지 모르겠는데 칼라반이나 유운량이 지켜보기에 자신이 어지간히도 이상해보이진 않을까 싶기도 했다.

어지러이 복잡스러워지는 마음에 헤이나는 이만 발걸음을 돌렸다.

“그… 너도 빨리 들어와… 밤공기는 뭐 나한테만 차가운가…….”

그녀는 괜히 머리칼을 만지작거리며 말했다.

우두커니 달을 올려다보던 칼라반이 슬쩍 웃으며 고개를 끄덕였다.

"고맙군."

"됐네요⋯⋯."

헤이나는 거처로 발걸음을 옮겼다.

그녀가 점점 멀어지자 칼라반도 서서히 시선을 옮겼다.

아무것도 보이지 않는 어둠이었지만 그의 눈에는 선명히 보이고 있었다.

전쟁터에서의 그 선명한 장면들이 말이다.

"내가 지금과 같은 힘을 그때도 가지고 있었더라면⋯ 너희들을 그렇게 허무하게 떠나보내지 않아도 되었을 텐데⋯⋯."

아이러니하게도 자신의 힘이 더욱 강해질수록 점점 더 과거의 편린들이 그를 괴롭히기도 했다.

숱하게 보낸 부하들의 얼굴이 머릿속에 생생히 떠올랐다.

그들의 죽음이 비단 자신만의 책임이 아님을 알고 있었다.

하지만 스스로의 힘이 강해질수록 그들을 지키지 못한 아쉬움이 후회의 한 자락으로 남아버리고 있음을 어찌 할 수 없었다.

전쟁터를 벗어나며 함께 짊어지고자 했던 무게들이 다시금 그의 양쪽 어깨를 짓누르는 듯싶었다.

특히나 오늘은 마지막 전쟁을 승리하고 보았던, 수하들의 행복해 하던 모습들이 이상하게도 눈앞에 아른 거리는 밤이었다.

"너희들을 항상 가슴에 품고 있으니 나를 이리도 괴롭게 하지 않아도 된다… 약속하마. 지금의 내가 개인의 행복에 욕심을 내도 된다면… 그것은 너희들과 나의 복수를 다짐하는 것뿐이다."

과거의 향수

"오랜만입니다. 그간 잘 지내셨습니까?"

"아, 시모로프. 오랜만에 보는군요."

시모로프가 오랜만에 얼굴을 내비친 칼라반을 보며 반가워했다.

반면 칼라반은 평소와 같은 모습으로 대기실에 앉아 있었다.

긴장하는 구석이라곤 전혀 없어 보이는 얼굴이었다.

그 모습에 무언가 불안감을 느낀 시모로프가 천천히 입을 열었다.

"혹시⋯ 이번에도 기권하실 생각은⋯⋯."

"맞습니다."

"공민 블레이드 후보님… 그래도 아직 상대가 누구인지도 모르는데 벌써부터 기권할 생각부터 하시는 것은 좀…….."

"개인적으로 이번에도 제 서열전 상대는 라모텔이 아닐까 싶은데… 아닙니까?"

칼라반의 물음에 시모로프가 어두운 얼굴로 고개를 저었다.

그의 반응에 칼라반도 조금은 의외라는 얼굴을 보였다.

"다른 상대인가 보군요."

"아직 못 들으신 겁니까?"

"무엇을 말입니까?"

"라모텔님은 얼마 전에 죽었습니다."

"예? 라모텔이 죽다니요?"

시모로프의 말에 이번에는 칼라반도 놀란 눈치였다.

라모텔이 수하들을 이끌고 자신이 있는 쪽으로 찾아오긴 했지만 분명 유운랑이 그를 죽이진 않고 돌려보냈다고 말했었다.

'다만 워낙 많은 환상을 경험했을 테니… 아마 이전과 같은 모습을 찾긴 어려울 겁니다. 정신적인 충격이 상당했을 테니까요.'

당시 유운량이 그의 앞에서 한 말이었다.

그래도 칼라반에게 해를 입힌 자이니 몸 성히 돌려보낼 수는 없었다는 것이 유운량의 설명이었다.

칼라반도 그런 줄로만 알고 있었는데 갑작스레 라모텔의 죽음에 관한 얘기를 들으니 의외이지 않을 수 없었다.

"혹시 자살이라도 한 겁니까?"

"아닙니다. 라모텔님은 누군가에게 살해당했다는 소식이었습니다."

"허어… 라모텔이 살해당하다니…….."

"그러게나 말입니다…….."

그러면서도 시모로프는 칼라반을 바라보았다.

사실 그가 가장 먼저 의심한 것이 바로 칼라반이었기 때문이다.

그동안 두문불출했던 것도 그렇고, 최근 들어 라모텔과 가장 원한이 있을만한 일이 있었던 사람도 칼라반뿐이었다.

그러나 칼라반은 정말 몰랐다는 얼굴을 하고 있었다.

그동안 별다른 표정 변화 하나 보이지 않던 칼라반이 이렇게나 심각한 얼굴을 보여주고 있다는 것이 시모로프의 의심을 거두게 만들었다.

'이상하군… 공민님이 아니라면 대체 누가…….'

고개를 갸웃거리면서도 시모로프는 할 일을 마저 하고 있었다.

서열전에 참가하는 칼라반의 서명을 받아낸 후 그는 천천히 몸을 돌렸다.

"아, 그래도 한 말씀 드리자면… 이번 서열전은 최선을 다해주시는 것이 좋을 것 같습니다."

"……?"

"아마 이번 서열전을 보고 원로분들과 관리부의 간부들이 평가를 내릴 것입니다. 그리고 그 평가를 토대로 임무가 주어질 테니… 이번 평가전에 승리하진 못하더라도 최선을 다하는 모습이라도 보여주신다면 분명 좋은 임무가 주어질 것입니다."

"참고하겠습니다."

칼라반은 그저 담담히 답할 뿐이었다.

그의 표정을 보아하니 그럼에도 당장 기권을 말할 것처럼 보였다.

시모로프는 홀로 고개를 절레절레 흔들며 밖으로 나섰다.

그는 칼라반이 있는 뒤쪽을 다시 한 번 돌아보았다.

"나 참… 정말 특이하신 분이라니까……."

당장 라모텔만 해도 이기기 위해 수단과 방법을 가리지 않았었다.

말하긴 뭣하지만 자신도 라모텔에게 부탁을 들어주는 대신 뒷돈을 받은 적도 있었다.

블레이드 후보 최하위에 머무는 것이 싫다며 그렇게나

승리를 간절하게 갈망했던 것이 바로 라모텔이었다.

그런데 눈앞에 있는 칼라반은 전혀 그럴 생각이 없어보였던 것이다.

"쩝……."

어쨌거나 선택은 칼라반의 몫이었다.

시모로프가 나서서 칼라반에게 기권하지 말라고 종용할 수도 없는 노릇.

"그래 뭐… 대신 본인 선택에 대한 책임은 본인이 지셔야지. 그럼에도 실망스런 마음이 드는 것은 어쩔 수가 없구만… 차라리 라모텔님처럼 갖은 수를 동원해서라도 열망을 드러내는 것이 낫지… 저렇게 기권으로 자리 지키기만 하실 거라면 뭣 하러 블레이드 후보를 하시는 거람……."

이런 생각을 하고 있는 것은 비단 시모로프뿐만이 아니었다.

다른 이들도 얼추 비슷한 생각들을 하고 있었지만, 어쨌거나 이미 블레이드 후보로 등록된 이상 죽거나 자진해서 물러나는 것이 아닌 이상 칼라반은 계속해서 블레이드 후보로 남아 있을 터였다.

"이러다 로체스님처럼 붙박이 노릇을 하는 것이 아닌가 모르겠네… 아니 그래도 로체스님은 500위권의 수문장이라도 되지… 1000위는 그런 역할도 못하지 않나?"

시모로프는 고개를 흔들며 갈 길을 걸어갔다.

그가 향한 곳은 오늘 칼라반을 상대할 블레이드 후보가 있는 곳이었다.

그동안 이렇다 할 정보가 전해진 것이 아니었기 때문에 시모로프조차 이번 칼라반의 상대를 모르고 있었다.

시모로프가 문을 열고 들어서자 안에는 갈색 로브를 뒤집어쓴 사내가 조용히 앉아 있었다.

그가 얼굴을 들자 시모로프는 단번에 정체를 알 수 있었다.

"이번 서열전에 나서시는 분이 도그로나드님인 줄은 몰랐군요."

"어서 와, 시모로프."

"이것 참… 공민님도 딱하게 되었군요. 상대로 도그로나드님을 만나게 되다니……."

"아, 이번 내 상대가 공민인가 하는 그 얼간이 블레이드 후보인가보네?"

"얼간이요?"

"몰랐나? 다들 그를 얼간이 블레이드 후보라고 지칭하고 있는데 말이야."

"흐음… 관리부 소속인 저도 모르는 일인데……."

"하긴… 이건 블레이드 후보들 사이에서 떠도는 말이니 관리부 소속의 사람들은 잘 모를 수도 있겠지."

도그로나드는 양 팔에 새하얀 장갑을 착용했다.

장갑의 중앙에 그려진 특이한 문양에 시모로프는 저도

모르게 시선을 빼앗겼다.

그의 시선을 느낀 도그로나드가 피식 웃었다.

"후후, 특이한가?"

"아… 예… 화려한 문양이로군요…….."

"이건 단순한 문양이 아니야. 내 힘을 증폭시킬 수 있는 마법이 담겨 있는 작은 마법진이다."

"허어…….."

저런 작은 장갑 안에도 마법진을 새겨 넣을 수 있다는 사실에 시모로프는 놀란 얼굴을 하고 있었다.

보통 실력이 아니고서야 저런 장갑에 마법진을 새겨 넣는 다는 것은 아예 시도조차 못할 불가능할 일이었다.

더군다나 도그로나드가 가지고 있는 힘은 일반적인 힘도 아니었는데 그것을 증폭시킬 수 있다는 말에 또다시 놀랄 수밖에 없었다.

"자. 서명을 마쳤으니 이만 돌아가 주겠어? 나도 서열전을 치르기 전에 집중을 끌어올려야 해서 말이야. 아무리 약한 상대라도 방심할 수 없거든."

"알겠습니다."

시모로프가 잠깐 멍하니 있던 사이 도그로나드는 순식간에 서명을 마쳤다.

서명서를 들고 바깥으로 향한 시모로프는 저도 모르게 칼라반 쪽을 바라보았다.

"하필이면 상대가 도그로나드님이라니… 전처럼 기적

을 바랄 수도 없겠는데⋯ 이거 잘하면 기권을 외치기도 전에 일이 터져 버리는 것 아냐⋯? 에이⋯ 나도 모르겠다. 알아서 하시겠지⋯⋯."

자신의 할 일을 모두 마친 시모로프는 천천히 상관들이 있는 곳으로 향했다.

그렇게 잠시간의 시간이 흐르고 마침내 칼라반과 도그로나드는 각자 안내를 받아 경기장 안으로 향했다.

"흐음⋯ 정말 아무런 무기도 안 드실 생각이십니까?"

칼라반을 경기장 입구까지 안내한 검사가 인상을 굳히며 물었다.

그의 물음에도 칼라반은 가만히 고개를 저을 뿐이었다.

"그다지 필요치 않습니다."

"분명 지난번에는 검을 사용하셨던 것으로 기억합니다. 시합을 그저 포기하려 하시는 것이 아니라면 지금이라도 검을 드는 것이 어떻겠습니까? 필요하시다면 제 검이라도 빌려드리도록 하겠습니다."

"기사에게 검은 다른 무엇보다 소중한 것. 그러니 빌려주지 않아도 괜찮습니다."

칼라반의 단호한 태도에 사내가 무겁게 입술을 닫았다.

그에 대한 여러 소문들은 사내도 익히 들어 잘 알고 있었다.

다행히 아직 바로 전에 이루어진 서열전을 정리하는 단계에 있었기에 잠깐의 틈이 있었다.

잠시 홀로 무언가를 생각하던 사내가 마침내 굳게 달혔던 입을 열었다.

"공민 블레이드 후보님."

"……?"

그의 부름에 칼라반이 고개를 돌려 사내를 바라보았다.

사내는 마음을 굳힌 듯 다부진 표정으로 말을 이어갔다.

"제가 감히 한 말씀 드려도 되겠습니까?"

"무엇을 말입니까?"

"저같이 평범한 자가 블레이드 후보이신 공민님께 이런 말씀을 드려도 되는 것인지는 모르겠지만… 꼭 알아주셨으면 하는 마음에서 감히 말씀드리겠습니다."

쿵!

사내는 갑옷을 입은 채로 칼라반의 앞에서 무릎을 꿇었다.

다행히 입구는 두꺼운 철창으로 이루어진데다, 이곳 안쪽까지는 햇빛이 잘 들지 않아 어둑했기에 이같은 상황이 다른 곳에서 보일 리는 없었다.

그러나 사내의 갑작스런 행동에 칼라반도 당황하고 말았다.

"갑자기 왜 이런……."

"공민님께서 어떠한 이유로 블레이드 후보가 된 것인지 저같은 사람은 잘 모르겠습니다. 허나……."

사내는 칼라반을 천천히 올려다보았다.

그의 눈빛은 굳건한 무언가로 옹골차 보였다.

"주제넘은 말인 것 같지만… 부디 블레이드 후보라는 자리에 조금이라도 책임감을 가져주셨으면 합니다."

"그게 무슨 말입니까?"

"공민님께서 아시다시피 '블레이드'라는 자리는 비단 권력의 중심만 뜻하는 것이 아닙니다. 그들은 결국 이 라그나로크에 몸담고 있는 사람들의 염원을 짊어지고 있는 분들입니다. 비록 권력이란 유혹에 젖은 몇몇 블레이드 분들이 본질을 흐려놓고 있긴 하지만… 그럼에도 블레이드라는 자리는 결코 가볍지 않다고 생각합니다. 라그나로크의 사람들이 블레이드님들을 따르는 것은 그들이 바로 우리들의 꿈을 이루어줄 수 있는 사람들이라 생각하기 때문입니다."

무겁게 말을 이어가던 사내가 잠시 호흡을 가다듬었다.

말하다보니 자신도 모르게 격앙되어 언성이 높아진 까닭이다.

반면 칼라반은 덤덤한 얼굴로 사내의 말을 듣고 있었다.

그렇다고 해서 그가 사내의 말을 허투루 듣고 있는 것은 아니었다.

칼라반은 사내의 말을 충분히 곱씹으며 경청하고 있었다.

사내도 그것을 잘 알고 있었기에 다시 말을 이을 수 있었다.

"블레이드 후보라는 것도 결국 다음 블레이드로 거듭나기 위한 어린 거목들이 아닙니까? 그렇기 때문에 라그나로크에서도 많은 사람들이 블레이드 후보님들을 믿고 따르고 존중해드리는 겁니다. 그러니⋯ 공민님께서도 마냥 그 자리를 쉽게 생각하지 않아주셨으면 합니다. 그 자리에 오르지 못한 많은 사람들을 위해서라도 말입니다⋯⋯."

사내는 말끝을 흐리며 고개를 숙였다.

만약 이 말을 듣고 칼라반이 분노하여 자신을 먼저 죽이겠다 한다면 순순히 받아들일 생각이었다.

몇몇 괴팍한 성격의 블레이드 후보들도 만나다보니 충분히 그럴 수 있음을 인지하고 있었다.

더욱이 자신의 신분은 그저 평범한 기사.

그런 자신이 블레이드 후보라는 거대한 존재에게 이런 주제넘은 말을 했으니, 여기서 죽음을 맞이한다 하더라도 어쩔 수 없는 일이라 생각했다.

다만, 자신의 말을 듣고 눈앞의 블레이드 후보가 조금이라도 생각을 달리한다면 그것만으로도 만족할 수 있겠다 싶었다.

사내는 두 눈을 질끈 감고 이를 악물었다.

그러나 다행히 그가 생각하는 상황은 다가오지 않았다.

칼라반은 오히려 천천히 무릎을 굽혀 사내와 시선을 마주했다.

"이름이 무엇이지?"

"아… 제… 제 이름은 한니발입니다…….."

"한니발이라… 기억해두지."

칼라반은 자신을 한니발이라 소개한 사내의 어깨를 두드려주었다.

그는 목소리만큼이나 떨리는 몸을 주체하지 못했다.

온몸으로 드러나는 두려움.

그 두려움을 이겨내고 자신에게 건넨 말이었다.

거기다 투구 속에 드러난 얼굴은 아직 앳되어 보이는 모습이었다.

칼라반은 과거에도 이같은 일을 겪은 적이 있었다.

대기사장이었던 자신에게 두려움을 이겨내며 쓴 소리를 했던 사내.

과거 전쟁을 시작하기에 앞서 바르르 떨리는 목소리로 자신에게 소리를 높였던 사내가 존재했었다.

그러고 보니 한니발의 두 눈도 그때 그 사내의 눈빛과 똑닮아 있었다.

"홋… 여기서 녀석의 향수를 느낄 줄은 몰랐군…….."

드르르릉—!

드디어 굳게 닫혀 있던 철창이 열리기 시작했다.

칼라반은 오랜만에 레클레이의 향수를 느끼며 경기장으로 발걸음을 옮겼다.

하이데의 수하

경기장의 입구가 열리고 양측 선수가 조용히 안으로 들어섰다.

가장 먼저 경기장 안에 들어온 것은 칼라반이었다.

그는 조용히 경기장 중앙으로 걸음을 옮기고 있었는데 이를 지켜보는 사람들의 반응은 사뭇 냉랭해 보였다.

반면 도그로나드가 입장할 때엔 여러 환호로 가득했다.

특히나 그를 격하게 반기는 곳이 있었는데 그곳의 중심에는 하이데가 자리해 있었다.

"흐음… 변함없는 상판이네."

한쪽 구석에 앉아 있던 헤이나가 하이데를 보며 인상을

구겼다.

 그녀는 마냥 가만히 있기에는 성미에 맞지 않아 애써 얼굴을 가린 채 이곳으로 숨어들었다.

 다행히 이번 서열전은 라그나로크의 많은 사람들이 관전할 수 있는 오픈 형식이었기에 그녀가 사람들과 섞여 들어오는 데엔 별다른 어려움이 없었다.

 "어차피 그냥 들어왔으면 여러모로 얼굴도 팔리고 귀찮은 일도 많았을 텐데 차라리 잘 되었지 뭐."

 그러면서도 그녀는 하이데를 잠시 노려보았다.

 도그로나드는 하이데와 붙어 다니던 블레이드 후보 중 한 명이었다.

 그녀는 도그로나드를 거의 하이데의 수하와 다를 바 없는 인물로 기억하고 있었다.

 하이데가 암암 중에 블레이드 후보들 사이에서 세력을 구축하고 있다는 사실은 본인을 포함한 싱글 넘버의 블레이드 후보들도 알고 있었다.

 도그로나드는 초창기부터 하이데와 붙어다니던 녀석이었지만 최근 들어 하이데를 따르는 블레이드 후보들이 늘어나고 있는 것 또한 사실이었다.

 이같은 사실을 잘 알고 있음에도 상위 블레이드 후보들이 그를 견제하지 않고 있는 이유는 많은 것들이 있겠지만, 크게는 블레이드 후보들 간에는 어떠한 형태로든 경쟁이 인정되는 룰 때문이었다.

스스로가 힘이 부족해 다른 블레이드 후보들과 연합을 결성한다면 그건 그것대로 인정되는 방식이었기 때문에 관리부나 다른 블레이드 후보들도 굳이 간섭하려들지 않았다.

물론 만약 하이데의 성장이 신경 쓰이는 수준까지 이르렀다면 다른 블레이드 후보들도 가만히 두고만 보고 있지는 않았을 것이다.

"하지만 다른 녀석들 모두 가만히 있다는 것은… 역시 아직은 견제할 거리도 안 된다는 얘기겠지."

그렇지만 그녀의 시선은 여전히 곱지 않았다.

자세히 알아보지는 않았지만 그 많은 블레이드 후보 중에서 하필이면 하이데와 밀접하게 관련된 인물이 칼라반의 상대로 나오게 된 것이 영 탐탁지 않았기 때문이다.

"저 자식… 또 무슨 수를 쓴 것 아냐? 분명 그러고도 남을 놈인데……."

한 번 문 사냥감은 직성이 풀릴 때까지 쫓는 것이 하이데의 성격이었다.

게다가 지금껏 몇 번이나 칼라반을 죽이는데 실패했으니 충분히 그런 일을 펼치고도 남을 인사였다.

그렇다고 해서 헤이나가 매번 나설 수도 없는 노릇.

그동안은 변덕스러운 마음 때문에 나서긴 했지만 언제까지고 칼라반이 겪을 경쟁에 마음대로 끼어들 순 없는 노릇이었다.

"거기다 이번에도 도와주면… 에이, 아니야. 대체 저런 녀석을 왜 이렇게까지 신경 쓰는 거야 난?"

그동안은 하이데의 하는 행동이 마음에 들지 않아서라는 이유를 갖다 붙였지만 이제는 확실히 헤이나 스스로도 알고 있었다.

그녀는 비단 하이데의 행동에만 반발하고 싶었던 것이 아니었다.

은연중에 칼라반을 신경 쓰고 있었음을 인정하지 않을 수 없었다.

그렇지 않았다면 아마 자신은 칼라반에게 시선조차 두지 않았을 터였다.

본래 자신보다 약한 자라면 말을 섞기조차 싫어하는 헤이나였으니 말이다.

그녀가 이런저런 생각들로 가득 차 있을 때 서열전을 시작하기 위해 관리부 간부인 마르쿠셀로가 칼라반과 도그로나드의 사이에 섰다.

"두 분 모두 준비되셨습니까?"

그의 물음에 칼라반과 도그로나드는 동시에 고개를 끄덕였다.

"그렇다면 서열전을 시작하겠습니다."

짤막한 말과 함께 마르쿠셀로는 곧바로 자리를 비켜주었다.

콰앙!

서열전을 알리는 소리가 터져 나왔다.

와자지껄 떠들던 관중들도 하나둘 두 사람에게 집중하기 시작했다.

하이데 역시도 비릿한 조소를 띄며 칼라반을 내려다보고 있었다.

"흥. 저 녀석도 서열전 제약 때문에 이번만큼은 기어 나올 수밖에 없었을 테지."

"큭큭, 그래서 이번 저 녀석의 상대로 도그로나드를 붙인 거야?"

"덕분에 돈이 좀 들긴 했지만, 뭐 그래도 저 녀석의 면상이 구겨지는 꼴만 볼 수 있다면 나름 만족한다."

"너도 참 악취미로군."

"저 공민이란 녀석은 전부터 마음에 안 들었어. 거기다 헤이나까지 저 녀석을 감싸고도니 더더욱 마음에 들지 않아."

"그러고 보니 헤이나는 아직 근신 처분이 안 풀렸다지? 안타깝게 되었네. 자기 애인이 곧 어떤 지경에 이를지 모르는데 안에 갇혀 있어야만 하는 꼴이라니."

"글쎄에……."

곁에 있던 동료의 말에 하이데는 홀로 한쪽으로 시선을 옮겼다.

그의 시선이 향한 곳은 후드를 깊게 눌러써 얼굴을 가리고 있는 헤이나가 앉아 있는 쪽이었다.

한편 칼라반과 마주선 도그로나드는 한쪽 입꼬리를 말아 올렸다.

"안타깝네, 공민."

"……?"

"이번 서열전 상대로 날 만나게 되다니 말이야. 참고로 미리 말해두자면 나는 라모텔처럼 무르지 않아."

"그렇군."

도그로나드의 말에도 칼라반은 덤덤히 고개를 끄덕일 뿐이었다.

그 여유 있는 모습에 도그로나드가 눈매를 좁게 떴다.

그러나 이내 칼라반이 아무런 무기도 들고 있지 않고 있음을 알아차리곤 곧바로 조소를 보이고 말았다.

"뭐냐. 무기조차 들고 나오지 않은 거야?"

"필요 없을 것 같아서 들고 나오지 않았다."

"후후, 그 말은 어차피 네가 질 걸 알아서 그렇다는 거냐?"

"……."

칼라반은 조용히 도그로나드를 바라보았다.

그의 머리 위로 전투력 수치가 드러났다.

정작 칼라반의 시선을 사로잡은 것은 전투력 수치 위에 나타난 글자였다.

이를 본 칼라반은 그저 우두커니 서서 도그로나드의 다음 행동을 기다릴 뿐이었다.

이에 도그로나드는 칼라반이 벌써부터 겁을 집어먹어 얼어붙은 것이라 오해하고 있었다.

"너에게 개인적인 원한은 없지만… 나 또한 서열전에서 승리해야 하니 어쩔 수 없다. 뭐, 어차피 네가 최선을 다한다고 해도 날 이길 순 없을 테지만 말이야."

"자신감이 과한 편이로군."

"이게 자신감이 과한건지 아닌 건지는 이제부터 공민 네가 직접 판단해보면 될 일이다!"

도그로나드가 두 팔을 번쩍 들어올렸다.

동시에 그의 입은 쉴 새 없이 무언가를 중얼거리고 있었다.

이 순간에도 칼라반은 가만히 서서 도그로나드를 지켜보고 있을 뿐이었다.

이를 본 헤이나가 답답함을 드러내었다.

"아니, 대체 뭐하고 있는 거야? 그나마 도그로나드를 이기려면 지금이 가장 좋은 타이밍인데 어째서 손 놓고 가만히 보고만 있는 거냐고……!!"

그녀는 속으로 분통을 터트리며 이를 악물었다.

도그로나드가 싸움을 준비하고 있다는 것을 뻔히 보고 있으면서도 미동조차 않는 칼라반.

그의 모습에 그녀는 칼라반이 이 시합을 완전히 포기한 것이라 여기고 있었다.

"아니 내가 여기로 오기 전에도 그렇게 말해줬는데… 오호… 그래… 내 말은 귓등으로도 안 들었다, 이거지? 블레이드 후보 자리가 만만한 거냐? 아니면 진짜로 욕심 같은 게 없는 거야? 아니 근데 나한테도 말해주지 못할 해야만 하는 일이 있다며…!? 대체 뭐 어쩌자는 거야 저 자식은……?"

그녀는 순식간에 많은 말들을 뱉어내며 이를 잘근잘근 물었다.

손가락은 쉴 틈 없이 그녀의 머리칼을 빙글빙글 돌리고 있었다.

왠지 칼라반이 언제라도 기권을 외칠 것 같아 그녀는 무의식중에 양쪽 다리를 떨고 있었다.

"아니지, 아니지. 저 녀석이 그냥 기권하는 거랑 나랑 무슨 상관이야? 당장 내가 어떻게 되는 것도 아니고 나랑 직접적인 연관이 있는 것도 아닌데? 하, 참 웃겨죽겠네."

그러나 뱉어낸 말과는 다르게 그녀는 칼라반에게서 전혀 시선을 떼질 못하고 있었다.

반면 헤이나와 다르게 하이데 쪽은 슬슬 미소가 번지고 있었다.

도그로나드에 대해 누구보다 잘 알고 있는 그들이었기에 이번 서열전이 앞으로 어떻게 흘러갈지 뻔히 보이고 있었다.

"멍청한 녀석. 도그로나드에 대해 조금만이라도 알았다면 저렇게 바보같이 우두커니 서 있진 않았을 텐데."

"쿡쿡, 그건 네가 공민이란 놈에 대해 몰라서 하는 말이다. 라모텔에게도 패배한 녀석이야. 그 후로 집구석에만 박혀 바깥으로 모습조차 보이지 않은 쓰레기인데… 지금 저기 서 있는 것만으로 아마 한계일거다."

"표정을 보니 알만하네. 겁먹어서 아무것도 못하고 있는 것 같잖아? 저러다 집으로 도망쳐가는 것 아냐!? 하하하하!!!"

"홋… 끝났군."

하이데는 더는 두고 볼 필요도 없다는 얼굴을 하고 있었다.

눈을 감고 연신 무언가를 중얼거리던 도그로나드가 마침내 두 눈을 떴다.

"나의 부름에 응하라!"

그의 힘찬 외침과 함께 도그로나드의 발밑이 꿈틀거리기 시작했다.

도그로나드와 칼라반이 딛고 선 대지가 울퉁불퉁하게 일그러졌다.

이어 그 속에서 무언가가 모습을 드러내었다.

구구궁……!

[하급 대지의 정령 노움이 모습을 드러냈습니다.]

노움이 모습을 드러내자마자 칼라반의 눈앞에도 메시지

가 나타났다.

칼라반은 자신을 올려다보고 있는 노움을 바라보았다.

노움은 칼라반을 마주보지 못하고 시선을 내려두고 있었다.

이어서 도그로나드의 곁으로 두 마리의 노움이 더 모습을 드러내었다.

도그로나드는 무릎을 굽혀 노움들을 어루만져 주었다.

계약자의 손길에 노움들은 이리저리 머리를 흔들었다.

"네 녀석이라면 아마 노움 한 마리만으로도 충분할 것 같긴 하지만… 확실을 기하기 위해 두 마리를 더 소환했다."

도그로나드는 칼라반을 바라보았다.

역시나 대지 정령의 등장에 칼라반은 놀라 그 자리에서 굳어버린 듯 보였다.

"보다시피 나는 다른 녀석들과는 조금 다른 능력을 지니고 있어서 말이야. 직접 검을 쥐고 싸우는 데엔 흥미 없지만, 대신에 이렇게 대지의 정령을 불러낼 수 있다."

"그렇군…….'

도그로나드의 친절한 설명에도 칼라반은 차분히 고개만 끄덕일 뿐이었다.

그 모습에 도그로나드는 칼라반이 애써 담담한 척하는 것이라 여겼다.

"생각보다 정령술사는 그리 흔치 않은 존재지. 덕분에 나는 이 능력을 인정받아 블레이드 후보가 될 수 있었다."

"그랬나."

"아마 네놈 따위가 이렇게 실제로 정령을 접해보는 것도 처음인 일일 테지만… 미리 경고해두도록 하마. 비록 노움이 대지의 정령 중에서도 하급에 속하긴 하지만, 그 힘은 충분히 널 뛰어넘는다. 그러니 겉모습만으로 판단하지 않는 게 좋아."

"참고하도록 하지."

"후우… 나는 그 건방진 태도가 정말 마음에 안 들어… 노움들아. 이번에도 부탁한다!!"

도그로나드는 노움들에게 공격하라는 의미로 칼라반을 가리켰다.

그러나 노움들은 꿈쩍도 않고 도그로나드를 올려다보고 있었다.

"뭐… 뭐야!? 왜 그래? 나를 보고 있지 말고 저자를 공격해!"

그의 다급한 외침에도 불구 노움들은 여전히 움직일 생각이 없어보였다.

칼라반은 그런 노움들과 도그로나드를 조용히 지켜보고 있는 중이었다.

그때 칼라반의 앞에도 새로운 메시지가 떠오르고 있었다.

띠링!

[칭호 '정령들의 축복을 받은 자'가 발동되었습니다.]
[하급 대지의 정령 노움은 칼라반님을 적으로 인식하지
않습니다.]

이를 본 칼라반도 의외라는 표정을 지었다.

믿고 있는 구석이 따로 있긴 했지만 '정령들의 축복을 받
은 자' 칭호가 이렇게 예상치 못하게 발동될 줄은 몰랐던
탓이다.

그러나 작금의 상황을 받아들이지 못하고 있는 도그로나
드는 당황한 기색이 역력해 보였다.

정령들의 축복을 받은 자

"어째서 공격하지 않는 거야!? 빨리 공격해!!"

도그로나드는 거의 애원하듯 노움들에게 명령을 내렸다.

그러나 노움들은 여전히 칼라반을 공격할 생각이 없어보였다.

오히려 그들은 도그로나드를 행해 고개를 저어보였다.

도그로나드는 그저 답답해하며 노움들에게 역정을 내었다.

"왜 그러고 있어!? 계약자인 내 말을 듣지 않겠다는 거야??"

도그로나드는 이해할 수 없다는 얼굴로 노움들을 바라보았다.

아직 그는 정령들의 의사를 온전히 알아들을 수 있을 만큼 숙련된 정령술사가 아니었다.

때문에 그는 노움들이 단순히 변덕을 부리는 것이라 생각하고 있었다.

"쯧… 정령술사라는 녀석이 정령들과 소통도 제대로 못하는 건가……."

이를 지켜보던 칼라반은 천천히 발걸음을 옮겼다.

저벅. 저벅.

그가 앞으로 걸어 나오고 있는 것을 도그로나드도 보았으나 그는 이렇다 할 움직임을 보이지 않았다.

오히려 그는 잔뜩 굳어진 얼굴로 칼라반을 쳐다보고 있는 중이었다.

도그로나드는 대지의 정령술사.

노움의 힘이 없다면 그는 그저 평범한 인간에 불과했다.

아마 노움의 힘이 아니라면 라모텔 수준에 미치지도 못할 터였다.

"그래서 전투력이 저렇게 나타난 거였군."

사실 칼라반의 심마안에 도그로나드의 전투력은 5만 정도의 수준으로 나타났다.

처음엔 이를 이상하게 여겼는데 그 위에 써져 있는 글자 덕분에 혹시나 싶긴 했었다.

대지의 정령술사.

유운량의 위에 책사라고 나타나 있던 것처럼 도그로나드의 위에는 대지의 정령술사라는 단어가 떡하니 나타나있었다.

그랬기에 칼라반은 전혀 긴장조차 하질 않고 있었던 것이었다.

정령들과 정령술사에 관한 것들이라면 칼라반 자신도 많은 것들을 알고 있었으니 말이다.

칼라반이 거침없는 걸음으로 도그로나드의 코앞까지 다가왔음에도 도그로나드는 이를 악 문채 그를 바라보기만 하고 있었다.

그러다 도그로나드의 눈빛이 점점 날카로워지기 시작했다.

"뭐… 뭐야!? 대체 뭘 하고 있는 거야 저 녀석!?"

"대지의 정령들이 어째서 저 녀석을 공격하지 않는 거지?"

"내 눈이 이상한건가… 나한테는 오히려 노움들이 공민이 지나갈 수 있도록 길을 비켜준 느낌이었는데……."

"그럴 리가 없잖아? 정령들에게 가장 우선시 되는 것은 계약자 아니야……?"

하이데를 비롯한 그의 동료들이 의문을 드러내었다.

그렇다고 그들 중에 도그로나드 외에 다른 정령술사가 있는 것도 아니라 의문을 쉽게 해소할 수 있는 것도 아니었다.

그들뿐만 아니라 헤이나도 작금의 상황에 얼떨떨한 얼굴을 하고 있는 중이었다.

"뭐가 어떻게 된 거야?"

대지의 정령들이 모습을 드러내었을 때는 이제 그냥 끝난 줄로만 알았는데 웬걸.

노움들은 가만히 서서 칼라반을 바라보고만 있었다.

도그로나드가 노움들을 향해 소리쳐 봐도 노움들은 석상처럼 가만히 있을 뿐이었다.

이런 경우는 그녀도 처음 보는 상황이라 어떻게 받아들여야 할지 몰랐다.

이게 칼라반이 특이한 힘을 부려서 노움들이 공격하지 않는 건지, 그게 아니면 운 좋게 상황이 따랐을 뿐인 건지 가늠조차 되질 않았다.

"워낙 특이한 남자라 뭐가 뭔지 짐작이라도 할 수 있어야 말이지……."

그래도 헤이나는 남모르게 안도의 한숨을 내쉬고 있었다.

이유는 모르겠지만 어쨌거나 노움들이 칼라반을 공격하지 않으니 다행인 일이었다.

정령들이 싸워주지 않는다면 도그로나드는 그냥 평범한 인간에 불과했다.

그런 도그로나드에게 칼라반이 질 이유는 전혀 없었던

것이다.

"하아… 그래도 불안하네… 왠지 또 해괴한 짓거리를 할 것 같은데……."

그녀가 혼잣말을 중얼거리는 때 돌연 도그로나드가 웃음을 터트렸다.

갑작스런 웃음에 모두가 도그로나드에게 시선을 집중했다.

한 손으로 자신의 이마를 짚은 도그로나드는 대놓고 실소하고 있었다.

"나 참… 마냥 얼간이처럼 나온 줄 알았더니… 그래도 나름 나에 대해 준비를 하고 나온 거였군?"

도그로나드의 말에 오히려 칼라반이 무슨 말인지 모르겠다는 얼굴을 하고 있었다.

그러자 도그로나드는 그럴 줄 알았다는 듯 한쪽 입꼬리를 말아 올렸다.

"시치미 떼지 마라. 보아하니 어디서 이번 서열전의 상대가 내가 될 줄 주워들었던 모양인데… 그렇다면 분명 내가 대지의 정령술사라는 것도 같이 알아낼 수 있었을 테고. 그러면서 미리 준비해 두었나봐? 무슨 수를 쓴 건지는 정확히 모르겠지만 하급 정령들과 내가 소통하지 못하도록 하는 뭐… 그런 마법진 같은 것까지 준비했나 보지? 아니면 어떤 마법장비를 갖춘 건가?"

"무슨 소리인지 모르겠군……."

"훗. 그렇게 나올 줄 알았다. 그렇게 만반의 준비를 갖춰 놓고… 마치 나는 원래부터 이렇게 될 줄 알았다는 그 가증스러운 표정까지… 아주 역겨워 죽겠구나, 공민…! 차라리 라모텔 녀석이 더 화끈하고 나았겠어."

도그로나드는 서서히 두 팔을 들어올렸다.

이어 그의 장갑이 환한 빛을 발하기 시작했다.

"미안하지만 네놈만 그런 것을 준비해 온 게 아니다…!"

후우웅──!!

도그로나드의 마력이 두 손으로 증폭되더니 거친 바람이 불었다.

이어 노움들의 사이로 무언가가 솟아오르기 시작했다.

"저건……."

그것을 가장 먼저 확인한 칼라반은 곧바로 정체를 알아차릴 수 있었다.

몸은 골렘처럼 돌과 흙으로 이루어져 있지만 드워프처럼 작은 체구를 자랑하는 녀석이 도그로나드를 바라보고 있었다.

"호오… 노움들을 소환하고 나를 소환해 내다니… 이 정도의 능력까진 아니었던 것으로 기억하는데……."

녀석은 모습을 드러내자마자 레고 같은 손가락으로 자신의 턱을 매만지며 말했다.

"저건… 중급 정령인 노르무스……!?"

"호오… 도그로나드 블레이드 후보님이 마침내 중급 정

령까지 소환해낼 수 있게 된 건가?"

"아무리 정령들 중 가장 약한 축에 든다는 대지의 정령이라도 중급 정령이라면 말이 다르지요. 도그로나드 블레이드 후보님이 중급 정령을 다룰 수 있게 된 이상 그의 서열은 변동될 것입니다."

지켜보던 라그나로크의 간부들이 두 눈에 이채를 띠었다.

뿐만 아니라 도그로나드를 잘 알고 있는 동료들까지도 놀란 눈을 하고 있었다.

"저 녀석… 언제 저렇게까지 성장한 거지?"

"글쎄… 만약 이대로 성장해서 중급 정령인 노르무스를 여러 마리를 소환할 수 있게 된다면…….'

"와아… 도그로나드 녀석… 정령술사인 것도 부러운데…….'

"네가 도와 준 거냐. 하이데?"

도그로나드를 보며 감탄하는 일행들 가운데 한 명이 하이데를 보며 물었다.

그의 물음에 하이데는 가볍게 고개를 끄덕였다.

"별 것 아니다. 그냥 형의 창고에서 쓸 만한 장비를 하나 가져왔을 뿐이야."

"대체 무슨 장비길래 도그로나드가 중급 정령까지 소환할 수 있게 된 거야?"

"후후, 마력의 힘을 증폭시켜주면서 정령들과의 친화력

까지 높여주는… 뭐 그런 장갑이라더군."

"미친… 그런 고급 장비를 도그로나드 녀석에게 아무렇지도 않게 건네줬단 말이야?"

"무슨 상관인가? 도그로나드 역시 나를 위해 싸워주는 소중한 사람이다. 그런 사람을 위해 이 정도 선물은 싸게 먹힌 거라고 할 수 있지."

하이데의 설명에 듣고 있던 다른 이들은 감동이라도 먹은 표정들을 하고 있었다.

특히나 중급 정령을 소환해낸 도그로나드는 지금 이 순간 스스로에게 가장 뿌듯한 얼굴을 하고 있었다.

그토록 소환해내고 싶었던 중급 정령을 소환해내었으니 그가 이렇게나 기뻐하는 것도 무리는 아니었다.

비록 장비의 힘을 빌리긴 했지만, 어쨌거나 이미 중급 정령인 노르무스와는 계약을 마친 상태였다.

사실 칼라반과의 서열전이 아닌 다음 서열전을 위해 대비해둔 비장의 수이긴 했다.

"노르무스는 겨우 서열 1000위에 있는 너같은 얼간이 따위를 처리하기 위해 불러내기엔 아깝긴 하지만… 뭐, 노움들에 대한 대비는 네가 잘 해놓은 것 같으니 어쩔 수 없지."

이어 도그로나드가 팔을 뻗자 최하급 정령인 어스윔이 대지에서 튀어나왔다.

녀석은 도그로나드의 명령에 따라 근처에 작은 구덩이를

파주었다.

어스웜이 순식간에 만든 구덩이 속으로 도그로나드가 천천히 걸어 들어갔다.

혹시나 노르무스가 거칠게 싸움을 벌일 수 있으니, 그 여파가 자신에게 미치지 않도록 미리 안전한 곳에 대피한 것이다.

노르무스는 그런 도그로나드를 묵묵히 바라보고 있었다.

"그래서 계약자여. 나를 불러낸 이유가 무엇인가?"

노르무스가 도그로나드를 바라보았다.

정작 도그로나드는 노르무스가 하는 말이 무엇인지 알아들을 수 없었으나 노르무스의 표정이나 몸짓으로 대충 그 의미를 파악해내었다.

아직 정령들의 사념을 온전히 받아들일 수 있을 만큼 도그로나드의 이해도는 깊지 못했다.

그는 손가락으로 칼라반을 가리켰다.

"앞에 있는 저 녀석을 처리해."

도그로나드의 말에 노르무스가 칼라반 쪽을 바라보았다.

칼라반은 그 자리에 서서 노르무스와 시선을 마주했다.

그래도 '정령들의 축복을 받은 자' 칭호가 있었으니 노르무스가 곧바로 공격해 오진 않을 거란 생각을 하고 있었다.

그때 노르무스가 먼저 칼라반을 향해 고개를 숙여보였다.

"이런 곳에서 뵙게 될 줄은 몰랐군요."

노르무스의 말에 칼라반이 두 눈을 동그랗게 떴다.

그의 반응에 노르무스가 웃는 표정을 보였다.

"나를 아는 건가."

"어둠의 정령왕 아포칼립스님의 계약자분이 아니십니까. 저는 대지의 정령왕이신 오리에드님을 따르는 노르무스라고 합니다."

"그건 잘 알고 있다."

"저를 기억해주신다니 영광이로군요."

"그런데… 보아하니 그대의 계약자가 나를 공격하라고 하는 모양인데… 어찌할 생각이지?"

칼라반은 대답 여하에 따라 행동을 달리 할 생각이었다.

그러나 정작 노르무스는 칼라반의 물음에 당연한 걸 왜 묻냐는 듯한 얼굴을 보이고 있었다.

"정령왕과 계약한 분을 중급 정령인 제가 어찌 함부로 공격할 수 있겠습니까. 더군다나 어둠의 정령왕이신 아포칼립스님께선 지금까지 단 한 명의 인간과만 계약을 맺으셨습니다. 그렇다는 말은 제 눈앞에 계신 분이 바로 그 단 한 명뿐인 인간인 칼라반님이라는 뜻이겠지요."

"듣다보니 궁금하군. 어떻게 내가 어둠의 정령왕과 계약한 것을 알고 있지?"

"후후, 그건 지금도 칼라반님의 어둠에 있는 정령들이 저를 죽일 듯이 노려보고 있기 때문입니다."

"뭐……?"

노르무스의 눈에는 분명하게 보이고 있었다.

칼라반의 뒤쪽에 자리 잡은 어둠 속에서 자신을 지켜보고 있는 수많은 눈들을 말이다.

아니, 마치 칼라반 자체가 어둠으로 보이는 착각마저 들고 있었다.

"마치… 어둠의 정령왕이신 아포칼립스님을 마주 뵙는 느낌이로군요……."

"노르무스. 저 인간 녀석을 공격해!!"

도그로나드의 다급한 외침이 들려왔음에도 노르무스는 천천히 고개를 숙이며 칼라반의 앞에서 비켜서 주었다.

노르무스의 행동에 도그로나드는 그저 입만 떡하니 벌린 채 어찌할 바를 몰랐다.

사념으로 의사를 전달하는 노르무스와 칼라반의 대화는 도그로나드를 비롯한 어느 누구도 알아차릴 수 없었다.

다른 이들의 시선에는 그저 칼라반이 혼잣말을 중얼거리는 정도로만 보였다.

믿었던 노르무스마저 그의 말을 듣지 않고 칼라반을 바라보기만 하고 있던 것이다.

칼라반은 그런 노르무스를 조용히 지나쳐 도그로나드에게로 향했다.

도그로나드는 사색이 된 얼굴로 칼라반을 바라보기 시작했다.

믿었던 대지의 정령들이 그의 말을 듣지 않으니 이제는 아무런 방법도 떠오르지 않았다.

대지의 정령들이 도와주지 않는다면 한낱 평범한 인간일 뿐인 자신이 무얼 할 수 있단 말인가!

그는 자신에게로 다가오는 칼라반의 모습이 공포스럽기만 했다.

도그로나드의 두 눈엔 어느새 두려움이 가득해져 있었다.

그는 떨리는 몸을 주체하지 못하며 우두커니 섰다.

마침내 도그로나드의 바로 앞까지 다가온 칼라반이 그의 어깨로 자신의 손을 올렸다.

덥석.

단지 칼라반의 손이 어깨 위로 올라갔을 뿐인데 도그로나드는 동그래진 눈으로 몸을 부르르 떨었다.

그가 불러내었던 대지의 정령들은 이미 정령계로 돌아간 지 오래였다.

도그로나드는 지금 이 순간 대지의 정령들이 그토록 야속할 수가 없었다.

칼라반의 눈동자가 도그로나드와 마주했다.

그의 깊은 눈동자를 눈앞에서 마주하자 도그로나드는 더욱 미쳐버릴 것만 같았다.

결국 그는 결국 눈을 질끈 감고 천천히 자신의 손을 들어 올렸다.

"하… 하……."

"이만 포기하겠습니다."

오해

도그로나드가 먼저 말을 꺼내기도 전에 칼라반이 먼저 손을 들어 올리며 말했다.

그의 돌발 행동에 지켜보던 마르쿠셀로는 물론 다른 라그나로크의 간부들마저 놀라지 않을 수 없었다.

그들뿐일까.

이곳에 온 다른 블레이드 후보들도 마찬가지였다.

개중엔 자신이 잘못 들은 것이 아닐까 싶어 고개를 세차게 흔드는 이도 있었다.

"저… 정말입니까, 공민님? 정말 서열전을 포기하실 생각입니까?"

"그렇습니다."

"대… 대체 왜…….."

"저는 그저 운이 좋았을 뿐입니다. 무슨 이유에서인지 도그로나드가 소환한 대지의 정령들은 저를 공격하지 않았습니다. 하지만 만약 도그로나드가 소환한 대지의 정령들이 저를 공격했다면… 저는 분명 꼼짝없이 당했을 겁니다. 그러니 이 서열전은 제가 진 것이나 다름없습니다."

칼라반은 마치 미리 생각이라도 해둔 것처럼 막힘없이 그 이유를 털어놓았다.

칼라반이 이렇게까지 말하니 마르쿠셀로로서도 어찌 할 수 없었다.

그가 생각하기에 이것은 더없이 좋은 기회였으나 칼라반이 그렇게 생각한다니 딱히 다른 조치를 취할 수도 없는 노릇.

그렇다고 마르쿠셀로가 그를 설득하려 들기엔 상황이 이상했다.

반쯤 넋이 나간 도그로나드는 칼라반의 갑작스런 항복 선언에 더 얼이 빠져 보였다.

하지만 칼라반의 태도가 워낙 단호해 마르쿠셀로는 어쩔 수 없이 칼라반의 손을 들어줄 수밖에 없었다.

"알겠습니다… 그렇다면 이번 서열전의 승자는 도그로나드님으로 선언하겠습니다."

마르쿠셀로의 선언에 순식간에 서열전은 끝이나버리고

말았다.

 너무나도 허무한 결말에 지켜보는 이들은 허탈감마저 느끼고 있었다.

 이는 다른 라그나로크의 간부들도 마찬가지였다.

 "이건 뭐, 서열전에서 장난을 치시는 것도 아니고……."

 "끄응… 보기 불편한 것이 사실이긴 하군요… 저분은 위로 올라갈 생각이 없어 보이는 듯합니다."

 "하지만 다른 의미로 본다면 생각보다 참신한 경우가 아닙니까?"

 "참신한 경우?"

 "그렇습니다. 요즘에는 블레이드 후보님들 간의 경쟁이 지나치게 심화되어 있는데. 저분은 그래도 그 속에서 정직함으로 승부하려는 것 아닙니까? 요행을 바라거나 편법을 쓰는 것이 아닌… 그런 점에서 저는 공민 블레이드 후보님의 행동이 색다르게 보입니다."

 "어느 정도 공감하는 부분입니다. 솔직하게 말해서 요즘 저런 마인드를 보이는 후보님들이 잘 없지 않습니까? 몇몇 후보님들은 무슨 방법을 쓰더라도 순위만 올라가면 된다는 집착까지 보이고 있습니다. 그런 가운데 공민 블레이드 후보님의 행동은 초창기 라그나로크의 블레이드 후보님들을 떠올리게 하는 모습입니다."

 "흥! 시대는 계속해서 변해가는 겁니다. 그런 변화하는 시대에 맞추지 못하는 뒤떨어지는 블레이드 후보의 행동을 가지고 그런 식으로 맞춰가는 건 별로 좋지 못한 것 같습니다."

"후후… 시대가 변하더라도 근간을 이루는 본질은 변하지 않는 법입니다. 어쩌면 저분이 빛바랜 우리보다 본질에 더 충실한 것일지도 모르지요."

라그나로크 원로들 사이에서도 의견이 분분해졌다.

그러나 작금의 상황 속에서 가장 많은 혼란을 겪고 있는 이는 단연 도그로나드였다.

그는 뭐가 어떻게 된 것인지 몰라 정신을 차릴 수가 없었다.

그런 와중에도 마르쿠셀로는 그의 승리를 축하해주며 자리를 벗어났다.

"이게 지금…….."

도그로나드의 시선이 칼라반에게로 꽂혔다.

태연하게 자신의 패배를 선언한 칼라반은 등을 돌려 자리로 돌아가고 있었다.

그런 칼라반을 보며 도그로나드는 수많은 복잡한 감정들을 느꼈다.

그 중에서도 가장 가슴속에 밀려들고 있는 것은 바로 수치심이었다.

"이게 지금… 얼마나 수치스러운 상황인 거야……!?"

하급 정령인 노움을 세 마리나 불러내고도.

힘겹게 중급 정령인 노르무스까지 소환해내고도……!

그는 블레이드 후보 중 최약체라 평가 받는 칼라반을 이기지 못했다.

그것도 정령들이 말을 듣지 않는다는, 본인이 생각해도 어처구니없는 이유에서 말이다.

거기다 칼라반은 그런 자신을 대놓고 비웃기라도 하는 것처럼 스스로 패배를 선언했다.

이는 칼라반이 기를 쓰고 자신을 이기려 든 것보다 더더욱 치욕스러운 결과였다.

"으아아아―!!!!"

도그로나드는 분노에 휩싸인 고성을 질러대었다.

그러나 그의 고성은 홀로 메아리칠 뿐 대상인 칼라반은 이미 자리를 벗어난 뒤였다.

칼라반이 자리를 벗어나고 한참 동안이나 도그로나드는 경기장을 떠나지 못했다.

그는 붉어진 얼굴로 애꿎은 땅에 분풀이를 해대고 있었다.

"어째서…! 어째서 내 말을 듣지 않은 거냐!? 너희들이 내 말을 듣질 않아서 내가 이런 모욕감을⋯⋯!! 이런 제기랄!!!"

잔뜩 흥분한 도그로나드를 말리기 위해 동료들이 경기장 안으로 들어섰다.

"이봐, 진정해."

"그래 어쨌거나 서열전에서 진 것은 아니잖아?"

"공민의 말대로 네가 소환한 대지의 정령들이 공격만 제대로 했더라면 분명히 너의 승리였을 거다, 도그로나드."

"상황이 이상하게 되긴 했지만 솔직히 말해서 중급 정령인 노르무스까지 소환해낼 수 있는 너를 다른 블레이드 후보들도 쉽게 무시하진 못할 거다."

그들은 애써 도그로나드를 위로했지만 이미 도그로나드의 귓가엔 그들의 말이 들려오지 않았다.

나타난 결과야 어떻든 아무리 생각해도 그가 칼라반에게 패배했다는 느낌만은 지울 수 없었다.

거기다 자신을 향해 다가오는 칼라반을 바라보며 느껴야 했던 무력감과 절망감은 오랫동안이나 그를 괴롭히고 있었다.

그런 도그로나드를 파악하기라도 한 듯 하이데는 무심한 시선으로 그의 앞에 섰다.

"나는 너에게 과분한 선물을 주었다고 생각했는데… 아무래도 내가 너에게 거는 기대 자체가 과분했던 모양이로군… 한심한 놈."

하이데는 싸늘한 말과 함께 도그로나드에게서 등을 돌렸다.

그가 등을 돌려 떠나버리자 다른 동료들도 하나 둘 하이데의 뒤를 따르기 시작했다.

"아… 아냐… 이… 이건 내가 원하던 상황이 아냐… 아냐, 하이데…! 나는 충분히 공민을 이길 수 있다… 내게는 얼마든지 공민 녀석 따위 죽일 수 있는 힘이 있다고!!"

그가 넋이 나간 얼굴로 다급히 외쳤지만 하이데는 돌아보지 않았다.

그렇게 도그로나드는 몰려드는 무력감에 자리에 주저앉고 말았다.

한편 다른 의미로 헤이나도 자리에 주저앉아 버렸다.

"와… 결국 저질러버렸네… 진짜 어떻게 하면 저런 생각을 할 수 있는 거야?"

그녀는 기가 차서 말도 제대로 안 나올 지경이었다.

설마하니 그 상황에서 저렇게 떡하니 서열전을 포기해버릴 줄은 몰랐던 것이다.

헤이나는 어이가 없다는 얼굴로 칼라반이 사라진 쪽을 멍하니 바라보고 있었다.

＊　＊　＊

"후후, 이번에도 한 바탕 하셨다고 들었습니다."

처소에서 대기하고 있던 유운량은 칼라반이 서열전을 끝내고 돌아오자마자 그를 반겨주었다.

칼라반은 별일 없었다는 듯 평온한 얼굴로 먼지 묻은 옷가지를 벗어두었다.

"별 것 없었다. 그저 1000위 자리를 유지하기 위해 서열전을 포기하고 온 것뿐."

"아니, 그러니까 대체 왜 그랬냐고오!!"

그의 말에 대한 대꾸는 유운량이 아닌 다른 쪽에서 튀어 나왔다.

앙칼진 목소리로 소리친 헤이나가 부릅뜬 눈으로 칼라반을 노려보고 있었다.

"벌써 와 있었나? 빠르군."

"지금 그게 문제야? 아니 대체 왜 그랬어? 도그로나드를 이겼으면 적어도 몇 십 위는 상승했을 텐데!"

"말했잖나. 그런 순위는 내게 그다지 의미 없는 것이다."

"진짜 특이하네… 다른 녀석들은 어떻게 해서든 순위를 높이려고 난리인데… 정작 너는… 원래였으면 내가 졌을 테니 나의 패배입니다, 같은 한심한 소리나 하고 있고……."

"그것은 맞는 말 아닌가?"

"거짓말 치지 마. 다른 녀석들은 몰라도 나는 못 속여. 그날 오우거들을 죽이던 너의 실력이라면 도그로나드 정도는 쉽게 이길 수 있었을 거야. 안 그래?"

헤이나가 눈을 날카롭게 빛내며 말했다.

그녀의 말에 칼라반은 순순히 고개를 끄덕였다.

솔직히 말해서 '정령들의 축복을 받은 자' 칭호가 아니었더라도 아마 칼라반의 실력이라면 도그로나드 정도는 쉽게 이겼을 것이 분명했다.

그가 오히려 순순히 인정하자 헤이나는 입맛을 다셨다.

조금이라도 반박하거나 시치미를 뗄 줄 알았는데 이번엔
또 순순히 인정하자 김이 새 버린 것이다.

"그럼 왜 그런 거야? 좋은 임무 받기 싫어? 순위가 높아
지면 난이도는 높겠지만 어느 정도 좋은 임무들을 받을 수
있을 거고. 그것들을 잘 수행해내면 블레이드가 되는 길에
더 가까워질 텐데… 너도 결국은 블레이드가 되고 싶은 것
아냐?"

"아직은 눈에 띌 때가 아니라 생각했기 때문이다."

"뭐?"

"아직은 나를 숨겨야 할 때라고 말하는 거다."

"아……."

헤이나는 칼라반의 말에 입을 다물고 말았다.

그가 자신을 숨겨야 하는 상황이란 것이 대체 뭘까, 고민
에 잠기기 시작한 것이다.

그러나 그녀가 아무리 혼자 고민해봐야 알 수 있는 종류
의 것은 아니었다.

"대체 왜 너를 숨겨야 하는데?"

"그것은 말해줄 이유가 없는 것 같군."

"아니……!"

"그렇다면 이번엔 내 쪽에서 묻지. 어째서 내게 이렇게
나 관심을 보이는 거지? 그냥 단순한 호기심이라기엔 신
경 쓰는 정도가 이미 그 선을 넘어선 것 같은데 말이야."

칼라반의 갑작스런 물음에 이번에는 헤이나가 당황하고

말았다.

사실 그녀가 이렇게 칼라반의 행동에 집착하는 이유도 아직 분명하지 않았다.

때문에 그녀는 급하게 생각난 말을 먼저 입 밖으로 꺼내었다.

"그야 네가 의심스러우니까."

"의심스럽다?"

"그렇지 않겠어? 블레이드 후보가 되었는데 위로 올라갈 생각은 전혀 없어 보이고. 거기다 수상하게도 이렇게 힘은 감추고 있어. 이 정도는 내가 얼마든지 할 수 있는 합리적인 의심 아니야? 만약 네가 라그나로크에 대해 파헤치기 위해 파견된 제국의 첩자라면? 아크로이어 황제에게 은총을 입었다고 술하게 외쳐대는 그 제국의 개들 중 하나라면!?"

헤이나는 본인이 말하고도 생각보다 잘 꾸며낸 말이라 생각했다.

아니 말하고 보니 은근한 의심이 생기기도 했다.

그러나 칼라반의 눈빛은 전혀 흔들림이 없어보였다.

아니 오히려 칼라반의 눈은 잔잔한 분노를 드러내고 있었다.

"그렇군. 의심을 하는 것은 너의 자유이니 무어라 하지 않겠다. 하지만 만약 내가 이곳에 숨어든 첩자라면 너에게 힘을 내비치는 아둔한 실수 따위는 하지 않았을 거다. 또한, 너는 이곳에 머무는 동안 계속해서 주위를 돌아다녔다. 그동안 나나 유운량이 그대 몰래 이곳을 빠져나간 적이 있었나?"

"아니… 그런 적은… 없었어……."

"그리고 그대가 나와 유운량을 의심하듯 우리 또한 너를 믿을 수 없다. 네게 많은 얘기를 하지 않은 것은 단지 그 뿐이었다. 그러니 이제 그만 네가 있어야 할 곳으로 돌아가라."

칼라반은 차가운 목소리로 축객령을 내렸다.

그의 싸늘한 태도에 헤이나는 순간 당황스러워 무슨 말을 꺼내야 할지 몰랐다.

칼라반이 이렇게 감정을 내비친 모습을 보는 것은 처음이었던 탓이다.

그러건 말건 칼라반은 그대로 자리를 벗어나 버렸다.

"아…!? 내가 그렇게 잘못한 건가요?"

"오늘은 이만 돌아가시는 것이 좋겠습니다."

"아니 그… 두 사람을 의심한 것은 조금 미안하긴 하지만 그렇다고 이렇게까지 화낼 일은 아니지 않아요? 내 쪽에서도 충분히……."

헤이나는 기가 찬 나머지 유운량에게 따지듯 물었다.

유운량은 그저 잔잔한 미소로 칼라반의 뒷모습을 바라보며 답해주었다.

"헤이나님의 말씀도 이해는 합니다만… 안타깝게도 이

번에는 상황이 좋지 않은 듯싶군요."

"왜죠?"

"헤이나님께서 이번에 주군의 역린을 건드리셨습니다."

"역린?"

"그 때문에 주군께서 노하신 듯하니… 주군의 마음이 차분히 가라앉으시면 그때 다시 이곳을 찾아주십시오."

"혹시… 제가 공민을 의심했기 때문인가요?"

"아닙니다. 다른 것보다 아마 아크로이어 황제의 이름을 거론한 것이 주군의 심기에 영향을 미친 것 같습니다."

"아크로이어 황제가 뭐 어때서……."

"아크로이어 황제가 바로 주군의 여동생을 죽게 한 인물이기 때문이죠."

첫 임무

"아…….."

유운량의 말에 헤이나도 자신의 실수를 깨닫고 말았다.

그런 줄도 모르고 자신은 칼라반을 향해 '아크로이어의 개냐'는 말까지 했으니 칼라반이 저렇듯 감정을 드러내는 것도 무리는 아니었다.

"주군께서도 헤이나님이 모르고 하신 말인 것을 잘 알고 계실 겁니다. 다만, 아크로이어 황제의 이름이 거론되니 아직은 분노의 감정을 잘 추스르지 못하시는 것 같습니다."

"여동생이… 있었구나……."

헤이나는 미안한 마음에 칼라반이 있는 곳으로 걸음을 옮기려 했다.

자신의 실수를 당장이라도 사과하고 싶었기 때문이다.

그러나 그런 그녀를 유운량이 나직이 말렸다.

"지금은 혼자 있을 수 있도록 두는 것이 나을 겁니다."

"그럴까요……?"

"그렇지 않아도 근래에 많은 생각들을 하시는 듯했는데… 이 참에 생각을 정리할 시간을 드리는 것도 필요하다 생각됩니다. 이것은 비단 헤이나님 때문만은 아닐 테니 너무 염려치 마십시오. 어차피 한 번쯤은 겪어야 할 과정이었을 겁니다."

유운량의 위로에도 헤이나는 괜히 마음이 쓰였다.

그녀는 칼라반이 사라진 곳으로 계속해서 시선을 두고 있었다.

그렇지만 멋대로 칼라반이 돌아선 곳으로 걸음을 옮기진 않았다.

그녀는 유운량의 말대로 지금은 물러나기로 마음먹었다.

"알았어요. 오늘은 그냥 가볼게요. 그래도 오늘은 내가 실수한 것 같으니 다음번에 찾아와서 분명히 사과하겠어요."

"후후, 생각보다 어른스러운 분이시군요."

"어른스럽다기보다… 그냥 제 감정에 솔직한 편이에요."

헤이나는 별 수 없이 발걸음을 돌렸다.

그녀는 다시 한 번 칼라반이 사라진 곳을 쳐다보더니 이내 자신의 거처가 있는 곳으로 떠나버렸다.

멀어져가는 헤이나의 뒷모습을 조용히 바라보던 유운량은 서서히 칼라반이 있는 곳으로 발걸음을 옮겼다.

칼라반은 어느새 폭포가 보이는 곳까지 찾아와 호숫가에 홀로 앉아 있었다.

밤하늘 아래 호수 속에 비치는 밝은 달빛이 물결에 아른거리고 있었다.

"이곳에 계셨군요."

"왔나."

"다시 던전이라 부르시는 곳 안으로 들어갈 생각이십니까?"

"아니. 지금은 잠시 생각을 비우기 위해 와봤을 뿐이다. 헤이나는 돌아갔나?"

"예 본래 거처로 돌아갔습니다. 그런데… 헤이나님께는 왜 그러셨습니까?"

"뭘 말인가."

"헤이나님께서 칼라반님과 아크로이어 황제의 관계를 알고 그런 말을 했을 리가 없질 않습니까? 그녀가 모르고 말했을 거란 것쯤은 주군께서도 잘 알고 계실 겁니다. 그런데도 그렇듯 감정을 내비친 것은 역시 헤이나님과 거리

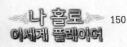

를 두기 위함인 겁니까?"

"그런 것도 없진 않다."

칼라반의 말에 유운량은 역시 그럴 줄 알았다는 듯 고개를 끄덕였다.

그는 칼라반의 옆에 조용히 앉았다.

"헤이나님을 그토록 밀어내시는 이유는 무엇입니까? 조금 서투르긴 해도 제가 지켜보기에 헤이나님은 순수하게 주군에게 관심을 내비치는 것 같아 보였습니다만……."

"내가 가려는 길은 화려한 꽃밭이 아니야. 어두운 가시밭길이다. 그런 가시밭길에 다른 누군가를 함부로 들일 생각은 없다."

"어째서 입니까?"

"…….."

"혹 사람을 믿기를 두려워서 입니까. 아니면 사람을 잃는 것이 두려워서 입니까?"

유운량의 말에 칼라반은 묵직한 돌이 가슴을 짓눌러 더욱 답답하게 하는 느낌이 들었다.

사실 그런 생각을 가지고 있지 않은 것도 아니었다.

"둘 다… 일지도."

"근래 주군께서 많은 생각들로 고민에 잠겨 있다는 것쯤은 저도 어렴풋이 눈치채고 있었습니다."

"그랬나."

"허나 제 개인적인 생각으로, 저는 주군께서 가끔은 마음을 비우셨으면 합니다.”

“마음을 비운다?”

“그렇습니다. 생각이 지나치게 많은 것 또한 좋지 않습니다.”

“어떻게 그럴 수가 있겠나. 지금도 밤에 눈을 감으면 수많은 수하들의 얼굴이 떠오르고 죽은 내 여동생의 얼굴이 한 번씩 눈에 보여. 어둠이 너무 친숙한 나머지 밤이 되면 그들은 더더욱 내 곁에 있는 느낌이라 심란하기만 한데……”

“흐음… 그것은 그들에 대한 죄책감 때문인 겁니까?”

“죄책감이라… 그런 걸지도 모르지. 내 마음을 계속해서 짓누르고 있는 이 느낌이… 죄책감인지 분노인지… 아니면 나 때문에 죽어간 수많은 이들의 억울함인지……”

“그렇군요… 허면 그들이 죽어서도 주군을 원망하고 있을 것이라 생각하시는 겁니까?”

달빛을 가만히 바라보던 칼라반이 유운량에게로 고개를 돌렸다.

그는 침묵으로 답을 하는 듯했다.

칼라반은 솔직히 말해 그들이 자신을 원망하고 있을지 어떨지는 알고 싶지 않았다.

아니, 알고 싶지 않다기보다 알기 두렵다는 말이 더 맞는 말일지도 몰랐다.

칼라반의 표정을 읽던 운량이 천천히 입을 열었다.

"제가 감히 말씀드리자면, 그들은 누군가에 의해 억지로 움직인 것이 아닐 겁니다. 그들 모두 스스로의 선택을 한 것이겠지요. 그것은 저 또한 마찬가지일 터. 당장 눈앞에 있는 저만해도 언제든 주군을 위해 이 목숨을 바칠 준비가 되어 있습니다. 그렇게 주군을 위해 목숨을 잃는다 하여도 결코 주군을 원망치도 않을 것입니다. 그것은 어디까지나 저의 선택이기 때문입니다. 아마 그들 또한 마찬가지였을 겁니다. 칼라반님께서 어떤 선택을 하시던 그들은 자신들이 믿고 따르는 칼라반님의 선택이었기에 존중하고 따랐을 거란 얘기입니다. 그러니 무거운 죄책감에 괴로워하시지 않으셔도 됩니다."

"그런가……."

"분명 칼라반님께서 이렇듯 그들을 잊지 않고 항시 가슴속에 품고 있다는 사실 하나만으로도, 그들에게는 많은 위로가 되었을 겁니다."

칼라반은 천천히 고개를 들어 밤하늘의 달을 바라보았다.

낮에 뜨는 태양과 다르게 달은 올곧이 바라볼 수 있었다.

"그대의 말을 듣고 나니 조금은 위로가 되는 느낌이로군. 심란해졌던 마음이 한층 안정된 기분이야."

"그렇다니 다행이로군요. 저는 주군께서 사람을 대하는데 있어 어려움을 겪지 않으셨으면 합니다. 그들을 향한 배려도, 존중도 좋지만 때로는 칼라반님 스스로를 위한 이

기적인 면모를 보이셔도 좋습니다."

마지막 유운량의 말에 칼라반은 두 눈을 부릅떴다.

일전에도 비슷한 말을 들은 적이 있었다.

데포르에게 배신을 당하고 아크로이어 황자 앞에서 죽음을 맞이하기 전, 솔 기사단의 단원들이 했던 말들이었다.

"그때 내가 그런 선택을 하지 않았더라면……."

칼라반은 씁쓸한 미소를 지으며 손가락을 앞으로 가져갔다.

스륵.

그가 손가락으로 물의 표면을 건드리자 손끝에서 시작된 작은 울림이 넓게 퍼져나갔다.

그 모습을 우두커니 바라보던 칼라반은 이내 몸을 일으켰다.

"그래. 과거는 과거일 뿐이다. 이제와 후회한들 내가 바꿀 수 있는 것은 없겠지. 또한… 내가 다시 그때로 돌아간다 한들 나는 아마 같은 선택을 할 것이다. 그 당시 내게 그것들은 최선의 선택이었으니까. 그러니 중요한 것은 지금부터다. 과거의 내가 지금의 나를 만들었을지 몰라도, 앞으로의 나는 지금의 내가 만들어가는 법이니까 말이야."

"좋은 말씀이시군요."

"덕분에 더는 과거의 편린에 발목 잡혀 얽매여 있지 않기로 했다. 고맙다. 너의 말이 많은 도움이 되었다, 운량."

"후후, 제가 한 것이 뭐가 있겠습니까. 주군께서 스스로

헤아리신 것을…….”

유운량은 슬쩍 고개를 낮추며 말했다.

칼라반이 그의 어깨에 손을 올렸다.

“고맙다. 앞으로도 잘 부탁한다.”

“여부가 있겠습니까.”

* * *

“하암~ 너무 지루하네… 뭐 할 거 없나…….”

의자에 깊숙이 기대어 앉아 있던 소년은 길게 늘어지는 하품과 함께 기지개를 켰다.

그는 탁자에 놓아두었던 책을 살포시 덮었다.

“제르단님은 언제쯤 돌아오시려나…….”

소년은 한쪽 벽에 기대어 놓았던 청소 도구들을 들었다.

그나마 그가 이곳에서 하고 있는 소일거리 중 하나가 바로 청소였다.

사실 오늘도 이 청소만 마친다면 하루 일과는 끝나는 거나 마찬가지였다.

소년이 있는 이곳 아라곤 지역은 상당히 외진 곳에 위치해 있었다.

그가 알기로 아라곤은 과거에 전쟁이 끊이질 않는 장소라 들었으나 지금은 평화로 물들어 있는 도시 중 하나였다.

경계선을 넘어 살고 있다는 산악 민족들도 더 이상 아라곤 지역을 침범하지 않았다.

들리는 말에 따르면 산악 민족들 사이에서 분열이 일어났기 때문이라고 했다.

어쨌거나 그들 사이의 분쟁은 아라곤 지역 사람들의 입장으로선 상당히 다행인 일이었다.

산악 민족들의 내전도 길게 이어진 덕분에 아라곤 지역에도 오랫동안 평화가 이어졌다.

아라곤은 아크로이어 황제가 임명한 왕들 중 한 명인 헤카르도가 다스리는 지역이었는데, 헤카르도 왕은 전쟁을 선호하는 편이 아니었기 때문에 아라곤의 성주인 기아스에게도 산악 민족들이 먼저 공격해 오는 것이 아니라면 굳이 상대하려 들지 말라는 전언을 전하기도 했다.

성주인 기아스는 그런 헤카르도의 명령에 불만을 품었지만, 그것을 대놓고 드러낼 수 있을 만큼 담대한 성격도 아니었다.

"에휴… 그래서 애꿎은 영지민들만 괴롭힘 당하고 있지… 언제쯤 세상이 나아지려나…….."

소년은 곳곳을 깔끔하게 청소하면서도 입으로는 한숨을 멈추지 못했다.

따라랑—

그때 정적을 울리는 종소리가 들려왔다.

소년은 아차 싶은 마음에 청소도구를 아무렇게나 벽에

기대어두고 부리나케 달려 나갔다.

"갑니다!!"

계단을 허겁지겁 내려간 소년이 빗장 걸어두었던 문을 열어주었다.

그러자 두 명의 사내가 소년의 앞으로 모습을 드러내었다.

"어… 죄송합니다. 가게 문을 열어두는 것을 깜빡했지 뭐예요."

소년은 뒷머리를 긁적이며 어색한 미소를 지어보였다.

그러면서도 소년은 두 사내의 행색을 빠르게 살펴보았다.

자신과 엇비슷한 또래로 보이는 청년은 단정한 옷차림을 하고 있었다.

반면 옆에 서 있는 사내는 이곳에선 처음 보는 특이한 행색을 하고 있었다.

"아라곤에서 살고 있는 분들은 아니시죠? 지나가다가 이곳에 들르셨나보네요. 어서 들어오세요."

아무렴 어떠랴.

자신은 이곳에서 술을 팔기만 하면 그 뿐이었다.

그때 젊은 청년이 천천히 입을 열었다.

"푸른 밤 선율이 흐르는 술 한 병을 사고 싶다."

"아……!?"

청년의 말에 소년은 두 눈을 화등잔 만하게 떴다.

그는 곧바로 주변을 둘러보았다.

다행히 근처에는 지나가는 짐승은 한 마리도 보이지 않았다.

소년은 사뭇 진지한 얼굴로 두 사람에게 손짓했다.

"안쪽으로 들어오세요."

"그럼."

소년의 손짓에 두 사람이 발걸음을 옮겼다.

그들이 안으로 들어서자마자 소년은 다시 한 번 주변을 둘러보는 세심함을 보이곤 곧바로 빗장을 걸어두었다.

그리곤 오늘은 장사를 하지 않는다는 팻말도 문에 걸어두었다.

소년은 신속하게 움직여 두 사람에게 자리를 내어주곤 찻잔을 내왔다.

"아니 차는 되었다."

"아… 알겠습니다."

청년의 손사래에 소년은 꺼내던 찻잔을 다시 집어넣었다.

그리곤 살며시 청년의 눈치를 살폈다.

조금 전 청년이 말한 것은 라그나로크에서 온 사람임을 나타내는 암호문이었다.

그러나 이것만으로는 이들을 온전히 믿을 수 없었다.

혹시나 라그나로크를 쫓는 적들이 도중 암호문을 알아낸 것일 수도 있었으니 말이다.

만약 그런 것이라면 소년은 최대한 이 두 사내를 제압해 보이거나 정보가 새어나가지 않도록 도망을 쳐야 했다.

혹시나 이들로부터 도망치지 못한 최악의 경우 자결까지 생각해야 했으니 마른침을 꿀꺽 삼키고 있었다.

소년은 눈에 띄게 굳은 얼굴로 허리춤에 손을 가져갔다.

허리춤에 숨겨 놓은 딱딱한 단검집이 손끝에 닿았다.

'하필 이럴 때 제르단님이 안 계시다니…….'

술주정뱅이지만 그래도 이런 상황에서는 믿을 만한 사람이 바로 제르단이었다.

라그나로크 아라곤 지부인 이곳에 그나마 있는 사람이라곤 제르단과 자신뿐이었는데, 지금은 제르단 마저 없는 상황이었다.

나름 경험 많은 소년이 이렇게까지 긴장하는 이유는 눈앞에 두 사내의 태도 때문이었다.

지금껏 이곳을 찾아온 사람들과는 사뭇 다른 태도에 소년은 덩달아 긴장하는 빛을 보이고 있었다.

"그렇게까지 긴장할 필요 없습니다. 우리는 라그나로크에서 보내온 사람입니다."

특이한 행색의 사내가 품안에서 신분을 증명해 보이는 패를 보여주었다.

"아…….."

그때서야 소년은 긴장을 조금 풀어 놓을 수 있었다.

사내가 꺼내 보인 것은 틀림없는 라그나로크의 신분패였

으니 말이다.

"그럼 이쪽은……."

그러나 아직 한 명만 신분패를 보였을 뿐이다.

소년의 시선이 청년에게로 향하자 청년도 검 모양의 징표를 꺼내보였다.

"이… 이것은……!?!?"

제르단과 이라벨

그동안 들어보기만 했을 뿐 눈앞에서 직접 본 것은 처음이었다.

소년은 무언가에 홀리기라도 한 것처럼 검 모양의 징표를 이리저리 살펴보았다.

그동안 다른 두 사람은 주변을 둘러보고 있었다.

"흐음… 썩 나쁘지 않군요."

"그런가?"

"생활하는 데도 불편함은 없을 것 같습니다."

"그건 그렇겠군."

두 사람이 대화를 나누는 동안 소년이 돌연 청년을 향해 허리를 숙여보였다.

"이… 이렇게 직접 만나 뵙게 되어 영광입니다…! 소문으로만 듣던 블레이드 후보님을 드디어 제 눈으로……."

그는 반짝거리는 눈빛으로 청년을 바라보았다.

틀림없었다.

청년이 꺼내놓은 검 모양의 징표는 선택받은 자들에게만 주어지는 징표.

라그나로크 안에서도 단 1000명밖에 갖고 있지 않은 징표였다.

그들 중 한 명이 자신의 눈앞에 있다고 생각하니 벅차오르는 가슴을 어찌할 수 없었다.

그때 청년의 곁에 있던 사내가 입을 열었다.

"헌데 이름이 무엇입니까?"

"아, 제 소개를 깜빡했군요…! 저는 아라곤 지부에서 가장 말단직을 맡고 있는 이라벨이라고 합니다! 앞으로 필요하신 일이 있다면 뭐든 시켜만 주십시오!! 청소, 요리, 도둑ㅈ… 아니 어지간한 잡일은 다 잘할 수 있습니다!!"

이라벨이 힘차게 소리쳤다.

그러면서도 그의 시선은 청년에게서 떠나가질 않았다.

언뜻 보아도 자신과 나이 차이가 크게 있어보이진 않아보였다.

'그런데 저 사람은 블레이드 후보라니… 너무 멋있다… 게다가 블레이드 후보님인 것을 알고 봐서 그런 걸까…?

얼굴에서 빛이 나는 것 같아…….'

이라벨은 계속해서 청년의 얼굴을 빤히 쳐다보았다.

그의 순수한 눈빛에 청년의 곁에 있던 사내가 피식 웃고
말았다.

"제 이름은 유운량이라고 합니다. 그리고 옆에 계신 이
분은……."

"공민이다."

칼라반의 말에 소년, 이라벨은 반짝거리는 두 눈으로 그
의 곁에 섰다.

이라벨의 갑작스런 행동에 칼라반은 멀뚱히 그를 바라보
고만 있었다.

"블레이드 후보님께서 이곳에 오셨다는 것은…!! 드디
어 라그나로크에서도 아라곤 지역을 중요하게 여기기 시
작했다는 얘기겠죠!? 그렇다면… 잠시만 기다려 주십시
오!!!"

한껏 들뜬 이라벨이 재빨리 위층으로 올라갔다.

그가 부산스럽게 계단을 뛰어올라가는 소리가 여기까지
들려왔다.

"그나저나… 아무리 주군께서 서열 1000위에 계신다지
만… 이건 좀 이상하군요… 이렇게 외진 지역까지 보낸 것
도 모자라 단순히 여러 정보들을 취합해 라그나로크에 보
내는 임무라니… 이런 정도의 임무에 블레이드 후보인 주

군을 보냈다는 것이 영 매끄럽지 못한 것 같습니다."

"둘 중 하나겠지. 라그나로크에서는 나를 그만큼 쓸모없는 자라 여겼거나… 그게 아니면 다른 누군가의 입김이 작용했거나."

"제 생각에는 후자 쪽인 듯싶습니다. 다른 이들에게 넌지시 물어보니 지금껏 블레이드 후보가 이런 사소한 임무를 받은 적은 단 한 번도 없었다고 하더군요. 거기다, 주군께서는 뜻하지 않게 원한을 산 인물이 있질 않습니까? 이유는 모르겠습니다만… 그자는 주군에 대한 집착이 심한 듯 보이더군요."

칼라반은 유운량이 말하는 이가 누구인지 잘 알고 있었다.

그러나 블레이드라면 모를까 블레이드 후보인 하이데가 같은 블레이드 후보인 자신에게 이만한 영향력을 행사할 수 있을 거라곤 생각지 않았다.

"만약 하이데 녀석이 그런 거라면… 이번에는 형의 힘까지 끌어들인 거겠지. 그런데 하이데의 입장에서 그렇게까지 할 필요가 있으려나?"

"그건 그렇군요… 이 정도라면 집착의 정도가 지나친 것이라 할 수 있겠습니다."

"뭐… 하이데가 이렇게 만든 것일 수도 있겠지만 내 생각에는 라그나로크 관리부에서의 결정이 아닐까 싶군. 나는 첫 서열전을 999위인 라모텔과 치른 데다 다른 서열전은 모두 기권해 왔다. 거기다 얼마 전의 서열전에서는 다른 이들의 눈앞에서 대놓고 포기하기까지 했으니… 아마 나에 대한 평가는 최악이라면 가장 최악일 수 있겠지."

"후후, 그도 그렇겠군요. 제가 생각해도 라그나로크의 입장에서는 주군에 대한 평가를 박하게 내릴 수밖에 없을 것 같습니다."

"뭐… 그 덕분에 다른 시선에서 자유로워질 수 있었으니 결국 원하던 일이기도 하다. 이곳으로 보내진 것은 조금 아쉽긴 하지만 말이야……."

칼라반은 금방 임무를 끝내고 던전으로 돌아갈 생각이었는데, 여기까지 와버린 바람에 단시일 내로 돌아가는 것은 무리라는 생각을 하고 있었다.

이곳의 정보를 취합해서 보내달라는 임무 내용은 언제까지 계속되어야 한다는 말도 명시되어 있지 않았다.

"하긴 그러고 보니 그때 서열전 이후 습격자도 없이 잠잠한 상태였습니다. 뭐, 헤이나님께서도 그 일로 마음 상하셨는지 다시 찾아주시진 않았지만 말입니다."

"직접 찾아오진 않았지만 내게 편지 한 장을 남겼더군."

"호오… 편지를 말입니까?"

유운량은 조용히 헤이나를 떠올려 보았다.

거침없이 행동하는 그녀가 칼라반에게 편지를 남기다니…….

선뜻 상상이 되지 않았다.

"그나저나… 이곳 아라곤은 정말 오랜만이로군."

"흐음… 이곳으로 오는 동안에도 감회에 젖은 얼굴을 하고 계셨던 것 같습니다만… 지금 말씀을 들어보니 제 생각이 맞았던 모양이로군요."

"그래. 아라곤은 내게도 친숙한 곳이거든."

"아라곤에서 머무신 적이 있습니까?"

"한 때 이곳은 전쟁이 끊이질 않는 곳이었다. 나 또한 아라곤 지역을 방어하기 위해 직접 군사들을 이끌고 이곳에 온 적이 있었지. 그때 이곳을 지키던 아라곤의 성주 할리아른은 굉장히 우직한 사내였어. 그래서 더 인상 깊었던 사내이기도 했다."

"주군께서 그렇듯 말씀하시는 것을 보니 꽤나 대단했던 인물인가 보군요."

유운량의 말에 칼라반이 순순히 고개를 끄덕였다.

그는 지금도 할리아른을 떠올리면 좋은 기억들부터 생각날 정도였다.

"할리아른이 이곳을 지키는 한, 아라곤은 공성불가의 영역이라는 말까지 있었으니 대단하다 칭할 만했지. 거기다 매번 적들의 급습을 막아내는 커다란 공훈을 세우고도 그는 단 한 번도 출세욕을 드러낸 적이 없었다."

"흐음… 그렇게 적들을 막아냈다면… 분명 위에서도 그의 능력을 높이 사 그에 합당한 보상을 해주려 했을 진데… 그 제안을 모두 거절했다는 말입니까?"

"그래. 한때는 중앙의 기사장직으로 추대까지 되었을 정도로 그의 공훈을 치하하는 말들이 많았다. 하지만 그럴 때마다 늘 할리아른은 대쪽같은 얼굴로 말했지."

"무슨 말을 했던 겁니까?"

"저는 이곳을 지키는……."

"파수꾼입니다. 제 분수는 딱 거기까지입니다."

칼라반의 말을 이은 이는 이라벨이었다.

그는 턱밑까지 오는 서류더미들을 한가득 안아들고 계단을 내려오고 있었다.

"그런데 블레이드 후보님께선 그 말씀을 어떻게 알고 계시는 겁니까?"

"그러는 너는 어떻게 알고 있는 거지?"

"저의 아버지께서 늘 입버릇처럼 하던 말씀이십니다. 그런 할리아른님을 본받아야 한다고 말이죠. 물론… 지금은 두 분 다 돌아가시고 안 계시지만……."

"두 분 다?"

"예. 아, 모르셨습니까? 할리아른님은 전쟁이 끝나고 난 뒤 얼마 지나지 않아 병으로 돌아가셨습니다."

"아아… 할리아른 성주가 병으로 세상을 떠났다니… 그럼 지금 아라곤의 성주는……."

"할리아른님의 아들인 기아스님이 성주직을 물려받으셨습니다."

"그렇군……."

칼라반은 조용히 고개를 끄덕이면서도 이라벨의 표정이 순간 변했던 것을 살폈다.

그는 자신도 모르게 기아스의 이름을 꺼낼 때 굳은 표정을 하고 말았던 것이다.

"그러고 보니 할리아른이 몇 번씩 자신의 아들에 대해 자랑을 했던 것이 기억나는군. 평소 잘 웃지도 않던 사내가 아들 이야기를 할 때면 웃음꽃이 활짝 피었었는데 말이야."

"그랬군요. 다른 이들에게는 한없이 단단한 사내라도 아들에게만큼은 부드러운 아비였나 봅니다."

"그랬지. 그래… 할리아른의 아들이 아라곤의 성주직을 이었다니…….."

"할리아른님은 훌륭한 성주님이셨는지 몰라도 그 아드님인 기아스님은 아닙니다."

이라벨이 굳은 얼굴로 고개를 저으며 말했다.

그에게 사정이 있는 듯 보여 유운량이 먼저 물었다.

"왜 그런지 물어도 되겠습니까?"

"가만… 그러고 보니 조금 전 두 분 다 돌아가셨다고 하지 않았나? 이라벨 너의 아버지도 돌아가신 건가?"

두 사람의 물음에 이라벨이 고개를 푹 숙이고 말았다.

잠시나마 잊고 있었던 부모님에 대한 기억들이 떠오르자 순식간에 닭똥같은 눈물이 뺨을 타고 흘러내리기 시작했다.

"끄흑… 제… 제 부모님은… 기아스님 때문에 돌아가셨습니다…….”

"기아스 때문에?”

덜커덩—!

그때 거친 문소리와 함께 누군가가 안으로 들어서는 소리가 들렸다.

머리를 정갈하게 묶어 올린 금발의 사내가 휘청거리는 걸음으로 이라벨을 바라보았다.

"어음…? 뭐냐, 이라벨… 뭔데 그렇게 서서 울고 있는 거냐아?”

그가 말을 하자 고약한 술 냄새가 짙게 퍼져나갔다.

뿐만 아니라 사내의 옷에선 여러 가지 냄새가 섞인 향수 냄새가 퍼져 나오고 있었다.

"아… 제르단님……!”

이라벨은 재빨리 소매로 눈물을 닦아내며 그에게로 달려갔다.

그리곤 자연스럽게 제르단의 겉옷을 벗겨주었다.

그 모습이 한두 번 해본 솜씨는 아니었다.

"아, 소개해드릴게요! 이분은 제르단님이구요. 이곳 아라곤 지부의 지부장님이십니다!”

이라벨이 소개하는 동안에도 제르단은 풀린 눈으로 칼라반과 유운량을 뚫어지게 쳐다보고 있었다.

그러다 그는 슬쩍 고개를 돌려 이라벨을 바라보았다.

"저기 저 두 사람은 누구냐?"

"으아… 제르단님! 이렇게 술을 많이 마시면 어떡합니까…! 저 두 분은 라그나로크에서 보낸 분들이란 말이에요!"

"으잉!? 라그나로크에서어!?!?"

라그나로크라는 단어에 제르단이 두 발을 붙이고 섰다.

그러나 술기운 때문인지 그의 몸은 여전히 휘청거리고 있었다.

순간 무언가 떠올랐는지 제르단이 두 눈을 번쩍 떴다.

"아아아…! 서신을 미리 받았던 것 같기도 한데… 라그나로크에서 이곳으로 새로운 지부장님을 보낸다고 말이야아. 나는 어디까지나 임시 지부장이니… 새로운 지부장님이 곧 도착하시겠거니이… 했는데 이제 보니 그게 오늘이었구나!?!?"

"난리도 아니군."

"대낮부터 술을 지독하게도 많이 마신 모양입니다. 저렇게나 취해 있다니……."

"으히히, 죄송합니다아. 오늘은 좋은 일이 있어서 한 잔 했습니다아…!"

"좋은 일이라니. 어떤 좋은 일을 말하는 거지?"

"흐흐 그것은 바로오오—!! 오늘 제가 한 바탕 따냈습니다아—!!"

제르단은 허리춤에 꽁쳐 두었던 가죽 주머니를 두 손으

로 번쩍 들어 올려보였다.

그러자 가죽 주머니 안에서 은화들이 떨어져 나왔다.

"아이고오, 아이고오오!! 내 소중한 술줄……."

제르단은 곧바로 허리를 숙여 은화들을 주워들었다.

칼라반도 허리를 숙여 같이 떨어진 은화를 주워주었다.

그리곤 주워든 은화들을 제르단에게 건네주었다.

"근처 도박장에서 돈이라도 딴 건가?"

"으이익!!? 어찌 아셨습니까아!? 맞습니다, 맞아요오! 그러나 도박장은 아닙니다…! 딸꾹!"

제르단은 연신 새어나오는 딸꾹질을 애써 참기 위해 자신의 가슴을 두드렸다.

이라벨도 달라붙어 제르단의 등허리를 같이 두드려주었다.

"도박장은 아니라니? 그게 무슨 말이지?"

"이곳 아라곤에는 격기장이 존재합니다. 오늘 그곳에서 제가 2번 기사가 이길 거라 점찍고 돈을 걸었는데… 정말 2번 기사가 이겼지 뭡니까아!?!? 이거야 말로 횡재 아니겠습니까!!"

"격기장이 뭐죠?"

유운량이 제드단 대신 이라벨을 바라보며 물었다.

이라벨은 제르단을 부축해주면서도 미소를 잃지 않고 답해주었다.

"격기장은 기사들이나 용병들이 대결을 벌이는 곳이에

요. 물론 기사들이나 용병이 아닌 일반 영지민들이나 검을 다룰 줄 아는 누구나 격기장에 참여가 가능해요."

"격기장에 참여하면 무슨 이익이 있는 겁니까?"

"우선은 마지막까지 살아남으면 막대한 상금을 준다고 들었어요. 거기다 기아스님의 휘하 군사로 들어갈 수 있는 기회도 생기구요."

이라벨은 거의 정신을 잃어가는 제르단을 우선 안쪽의 침실 쪽으로 데려갔다.

칼라반은 그런 두 사람의 모습을 물끄러미 바라보고 있었다.

"어떻게 생각하십니까?"

"무엇인지는 모르겠지만 우선은 장단을 맞춰줄 생각이다."

"후후, 술에 취한 듯 보이지만… 차림새는 지나치게 정갈했습니다. 눈빛 또한 살아 있음에도 술기운에 가리려 드는 것 같더군요."

"재밌군."

아라곤 지역

해가 중천에 뜬 시각, 두 사내는 화려한 건물 앞에 섰다. 제르단은 무안한 표정으로 뒷머리를 긁적였다.

"하하하!! 제가 또 첫날부터 실례를 범했지 뭡니까…! 그래서 죄송하다는 의미로 이곳으로 모셔온 겁니다!"

"이곳?"

"그 왜… 제가 또 제법 눈썰미가 좋은 편이라… 지난번에 취했음에도 불구하고 우리 공민 지부장님의 눈빛을 또 읽어냈다는 것 아닙니까!"

"내 눈빛을 읽었다고?"

"그으렇습니다! 일단 안으로 들어가 보시면 됩니다. 자자, 어서 따라오세요.”

제르단은 멍한 표정을 짓고 있는 칼라반의 등을 떠밀었다.

그가 일단 밀고 보니 칼라반도 떠밀려 건물 안쪽으로 걸음을 옮겼다.

“후훗… 결코 후회하지 않을 겁니다.”

제르단은 회심의 미소를 지으며 능숙하게 건물 안쪽으로 안내했다.

그의 모습을 확인한 점원들이 반갑게 맞이해주었다.

“어이구! 우리 제르단님 오셨군요! 오늘도 달리시는 겁니까!?”

“으하하 물론이지! 오늘도 나는 준비가 되었다고!”

“그런데 옆에 분은…….”

“아아. 이분은 내가 직접 모셔온 손님이야. 신원은 내가 보장하지!”

“흐흐 알겠습니다. 다른 사람도 아니고 제르단님이 그렇게 말씀하신다면야… 그러면 바로…….”

점원은 칼라반과 제르단을 뒤로하고 굳게 닫혀 있는 커다란 철문 앞에 섰다.

칼라반은 조용히 철문 쪽을 바라보았다.

철문의 뒤편으로 수많은 인기척이 느껴졌다.

그뿐만 아니라 철문 너머의 왁자지껄한 소리가 여기까지 적나라하게 전해지는 듯했다.

“오오…! 감이 오시는가 봅니다? 역시… 꾼은 꾼을 알아보는 법이죠."

"뭐……?"

끼이익—!

철문이 열리고 제르단이 칼라반에게 공손한 손짓을 보냈다.

"아하하!! 꿈의 세계에 오신 것을 환영합니다."

철문의 안쪽에는 많은 사람들이 줄지어 앉아 있었고 수많은 금화와 은화들이 곳곳에 놓아져 있었다.

뿐만 아니라 쉴 새 없이 움직이는 여인들이 돈 꾸러미들을 여기저기에 가져다주었다.

곳곳엔 창칼을 든 사내들이 삼엄한 눈빛으로 주변을 경계하고 있었다.

칼라반은 이 모든 광경을 그저 멍하니 바라보고 섰다.

제르단은 살며시 칼라반의 곁에 다가와 그의 어깨에 살며시 팔을 올렸다.

그리곤 칼라반에게 귓속말을 하기 위해 입을 가까이 가져갔다.

"생각보다 훨씬 강렬한 반응이시군요…! 그때는 제가 없다고 말씀드리긴 했지만… 사실 이렇게 존재하고 있습니다. 어떻습니까? 오늘 제대로 한 밑천 잡으면 금화가 우리들의 품에 따악!!!"

제르단의 강렬한 제스쳐에 칼라반은 나직이 한숨을 쉬었다.

"미안하지만 나는 따로 돈을 가져오지 않았는데. 미리 말해주었다면 금화라도 조금 가져와봤을 텐데 아쉽게 되었군."

"에헤이… 이거 아마추어처럼 왜 그러십니까. 그런 것쯤은 당연히 제가 미리 준비해두었습니다. 후후"

제르단은 미리 가져다놓은 금화주머니들을 꺼내두었다.

그는 자신이 사용할 금화주머니를 하나, 칼라반이 사용할 금화주머니를 하나를 양 손에 들어올렸다.

이를 물끄러미 바라보던 칼라반이 드디어 피식 미소를 지어보였다.

"훌륭한 친구였군."

"아하하, 그렇게 바라봐주시다니 정말 감사합니다. 아아 주 극진히 모시겠습니다."

"기대하지."

그렇게 칼라반과 제르단은 도박장 안으로 함께 걸어 들어갔다.

제르단은 도박장 안에 들어서자마자 익숙한 몸놀림으로 도박에 참여했으나 칼라반은 조용히 주변 상황부터 살폈다.

"제가 많이 따게 되면 오늘밤 한턱 거하게 쏠 테니 기대하십시오!"

"알겠다."

제르단은 그때부터 물만난 물고기처럼 이곳저곳을 누비

며 도박에 열을 올렸다.

반면 칼라반은 도박보단 주변 상황을 계속해서 살피고 있었다.

도박장에 있는 이들은 대부분 평민들 같아보였다.

그러나 특이하게도 개중에 몇몇은 평민으로 분장한 귀족들 같아 보였다.

"그래도 나름 변장을 하고 나온 것 같긴 한데… 그러기엔 표정이나 행동이나… 껍데기만 바뀌었을 뿐 다른 건 속이질 못하는군……."

그러나 자신이 아라곤에 있을 때만해도 상상조차 못했던 일이긴 했다.

할리아른은 기사도 정신을 가장 중요하게 여기던 사내였다.

특히나 그는 술이나 도박과 같이 정신을 흐리는 것들을 경계했다.

영지민들이 건실한 삶을 살지 못하고 도박에 빠지는 것을 우려하기도 했기 때문에 아라곤 내에서 도박과 같은 행위는 엄격히 금지되고 있었다.

물론 암암리에 어딘가에서 도박장이 열렸을 수는 있겠지만 이렇게까지 규모가 크게 벌어지진 않았던 것 같았다.

특히나 도박장에 귀족들까지 드나들다니…….

할리아른이 알았다면 더없이 노발대발할 일이었다.

"으… 으아아—!! 이럴 순 없어…! 분명… 분명 내가 이

아라곤 지역 177

기는 판이었다고!!"

쿠당탕—!!

그때 누군가가 크게 소리치며 몸을 일으켰다.

덕분에 앉아 있던 의자가 바닥을 뒹굴었다.

"쯧… 도박판에서 지는 것이 하루 이틀인가. 졌으면 깨끗하게 돈을 내면 되지 뭘…….."

"시끄러! 네놈이 속임수를 부린 것은 아니냐!? 그렇지 않아도 계속 도박을 하면서 뭔가 이상한 점을 느꼈는데……."

"뭐… 뭐라…!? 이게 돈을 잃었다고 생사람까지 잡네!? 내가 속임수를 썼다고!?!?"

"그럼 아니냐!?!? 솔직히 까놓고 얘기해 봐라!!"

살집 있는 중년인이 마른 체형의 사내를 멱살 잡아 올렸다.

중년인은 당장이라도 주먹을 한 대 날릴 것처럼 씩씩거렸다.

마른 체형의 사내도 가만히 있진 않았다.

"이거 왜 이래!? 도박에서 졌으면 순순히 받아들일 줄도 알아야지!! 이게 무슨 추태야?"

"네놈이 속임수를 쓴 게 틀림없는데 순순히 받아들여지겠느냐!?"

"뭐!? 내가 속임수를 썼다면 증거를 대봐 증거를! 증거를 못 대겠으면 그냥 꺼지시던가!!"

"뭐… 뭐라…!? 꺼져!?!? 너 이놈새끼… 내가 누군 줄 알고!!"

중년인이 앞으로 나서려는 찰나, 근처에서 대기하고 있던 사내들이 그의 앞을 가로막았다.

그들의 행동에 중년인은 대놓고 인상을 찌푸렸다.

"네놈들은 뭐냐!? 썩 비켜라!"

"여기서 이렇게 소란을 일으키시면 곤란합니다. 돌아가시지요."

"호오… 네깟놈들이 내 앞을 막아선다고!? 감히!?"

"저희도 먹고살아야 하는 입장이니… 더는 편의를 봐드릴 수 없을 것 같군요. 죄송하지만 오늘은 이만 물러나셔야겠습니다."

사내들은 중년인에게 성큼성큼 다가가 두 팔을 잡으려 했다.

그러나 도박을 하고 있던 몇몇 사내들이 중년인의 곁으로 다가와 그들을 막았다.

"감히 나를 이따위 취급을 해!? 너희 같은 것들이……!!"

중년인은 자신을 지키고 있는 사내들의 뒤에 서서 눈을 부라렸다.

행동거지로 보아 귀족인 것이 틀림없었다.

뿐만 아니라 중년인의 곁을 지키고 선 것은 그의 기사들이었다.

그들은 삼엄한 시선으로 흑색옷을 입은 사내들을 노려보았다.

조금이라도 움직이면 가만두지 않겠다는 얼굴들이었다.

그러나 흑의인들은 그다지 긴장하는 기색이 없었다.

오히려 이런 일들이 익숙했는지 그들 중 한 명이 앞으로 나섰다.

"이곳을 관리하는 분이 누구신지 잊으신 겁니까?"

"이익… 너… 지금 날 협박하려 드는 거냐?"

"그렇지 않습니다 다만…….."

"됐다! 그냥 내가 흥분해서 잠깐 실수한 것으로 해두지. 오늘은 그냥 물러가겠다."

중년인은 함께 온 수행기사들과 함께 이만 몸을 돌려버렸다.

칼라반은 그 같은 상황을 조용히 지켜보고 있었다.

'도박장이 누군가에 의해 운영되고 있었던 것인가…? 귀족으로 보이는 저 사내가 이렇게 쉽게 돌아설 정도라면… 보다 높은 귀족인가보군…….'

중년인 이후로도 여기저기 계속해서 소란이 일어났고 그때마다 근처에 서 있던 검은 옷을 입은 사내들이 나서서 그들을 끌고 나가거나 중재했다.

몇몇 사람들은 그들에게 심하게 구타를 당하는 일들도 있었다.

칼라반은 적당히 도박을 즐기는 척하며 제르단 쪽을 지

켜보았다.

그는 어느새 술까지 가져와 도박을 즐기고 있었다.

제르단의 앞에 앉은 세 명의 사내는 은밀하게 서로 눈짓을 주고받았다.

그들은 제르단의 시선이 다른 곳으로 향할 때마다 빠른 손놀림으로 무언가를 빼돌리거나 더하는 형식을 취했다.

그리고 제르단이 다시 고개를 돌렸을 땐 마치 아무 일 없었던 것처럼 태연하게 도박을 진행했다.

그들의 손놀림이 빠르긴 했지만 칼라반의 눈마저 피해갈 수 있을 정도는 아니었다.

그리고 이를 눈치챈 것은 본인만이 아닌 것 같았다.

'흐음… 뻔히 알고 있는 것 같은데… 그래도 속아주면서 도박을 하는 건가? 정말 특이한 사내로군…….'

분명 제르단의 시선이 그들의 손놀림을 쫓는 것을 칼라반도 확인했다.

그러나 제르단은 그들이 자신을 속이고 있다는 것을 눈치채고 있으면서도 아무렇지 않게 도박을 진행하고 있었다.

돈을 따면 아이처럼 기뻐하고 돈을 잃으면 금세 시무룩해져 술잔을 기울였다.

그런 제르단을 지켜보다 칼라반은 적당히 도박을 끝내고 자리에서 일어섰다.

이를 확인한 제르단도 재빨리 몸을 일으켜 칼라반의 곁

으로 다가왔다.

"자리가 재미없으십니까!?"

"흐음… 지루하군."

"에에… 많이 잃으셨나보군요. 하지만 괜찮습니다! 오늘은 제가 좀 딴 것 같으니… 술값은 제가 내도록 하겠습니다! 저만 따라오십시오!!"

제르단은 도박에서 따낸 금화주머니를 들고 거침없이 밖으로 나섰다.

그가 철문 밖으로 나가려 하니 그곳을 지키고 있던 사내들이 곧바로 문을 열어주었다.

"생각보다 많이 준 것 아닙니까?"

"괜찮아. 어차피 저 주정뱅이 녀석은 내일도 온다. 그러면 내일 다시 돈을 따가면 돼. 오늘 제법 돈을 가져갔으니 내일은 아마 더 많은 돈을 들고 올 거다. 그러니 만반의 준비를 해놓도록."

"알겠습니다."

"그나저나 참 신기해… 대체 저 주정뱅이 녀석은 어떻게 매번 이렇게 많은 돈을 가져오는 거지?"

뒤편에서 수군거리는 소리가 칼라반의 귓가에 들려왔다.

검기를 다룰 수 있고나서부터 그의 청각은 보통사람보다 훨씬 더 예민해져 있었다.

분명 작은 목소리로 수군거리는 정도였지만 칼라반에게
는 선명히 들려왔다.

 "매번 많은 돈을 가져온다라……."

 칼라반은 눈매를 좁히며 제르단의 뒷모습을 바라보았
다.

 그런 칼라반의 시선이 따가웠는지 제르단은 연신 뒤를
돌아보며 헤실헤실 웃어보였다.

 칼라반과 제르단은 근처 주점에서 술을 마신 뒤 다시 거
처로 돌아왔다.

 제르단은 전과 마찬가지로 잔뜩 취한 채 걸음을 비틀거
렸다.

 "오셨습니까."

 안에서 대기하고 있던 유운량이 칼라반을 맞이했다.

 칼라반도 제르단과 함께 술을 마셨기에 그에게서도 술
냄새가 풍겨오고 있었다.

 이에 유운량이 놀라 칼라반을 바라보았다.

 "술을 드신 겁니까?"

 "제르단과 한 잔 했다."

 그러나 제르단과 다르게 칼라반은 아주 멀쩡한 얼굴을
하고 있었다.

 사실 술을 마셨을 때 칼라반의 눈앞에 떠오르는 메시지
가 하나 있었다.

[만독지체 스킬이 발동되었습니다.]

술도 독으로 인식한 것인지 자동으로 만독지체 스킬이 발동되어 술기운을 모두 해독해버리고 말았다.

덕분에 칼라반은 아무리 술을 들이마셔도 그저 쓴물만 먹는 느낌이었다.

그러나 칼라반이 입에 술을 대었다는 것이 신기하기만 했던 운량은 놀란 얼굴을 하고 있었다.

만취한 제르단은 곧바로 자신의 침실로 향했다.

이를 조용히 지켜보던 운량이 입을 열었다.

"어떠셨습니까?"

"일부러 저런 행동을 보이는 듯한데… 아직은 이유를 모르겠군. 정말로 나태한 녀석인 건지 아니면 단순히 그런 척을 하는 것인지… 뭐, 며칠 더 같이 다녀보면 자연스레 알게 되겠지. 저자의 목적이 무엇인지 말이야."

"저도 이곳에서 여러 가지를 파악해보려 했습니다만… 정말 지나치게 간단한 임무들만 수행해 왔던 것 같더군요."

"어떤 정도지?"

"단순히 아라곤 지역에서 일어난 몇몇 굵직한 정보들만 라그나로크에 보내는 정도입니다. 그마저도 없으면 정보를 보내는 일도 하지 않더군요. 그 외에 별다르게 하는 것은 없어보였습니다."

"하긴… 겨우 두 명만으로 할 수 있는 것도 한정되어 있

었겠지… 그래도 이건 지나치게 소일거리로군."

"아라곤 지역이 비록 제국 황실의 눈에 띄지 않는 외곽지역에 위치하고 있다곤 하나… 영지의 규모는 상당히 큰 편입니다. 그런 아라곤 지역에 사람을 단 두 명만 두다니… 아무래도 라그나로크에서도 상당히 외면하는 곳인가 봅니다."

"후훗… 그 말은 내가 완전히 그들의 눈 밖에 났다는 말이로군."

뒤바뀐 아라곤

"그런 셈입니다. 게다가 헤이홀즈에게서 연락 온 것을 보니 아라곤 지역은 라그나로크에서도 범죄를 저지른 자나, 쓸모없는 인사라 여겨지는 자들이 보내지는 곳이라 하더군요. 또한 지금까지는 단 한 번도 블레이드 후보를 이곳에 보낸 적은 없었다고 합니다.

"그런데 내가 이번에 이곳으로 보내진 거였군. 블레이드 후보 최초로 말이야."

"그렇습니다. 그렇지 않아도 주군께서 이곳으로 오셨다고 하니 헤이홀즈도 일이 잘못 된 것은 아닌지 걱정을 내비치는 듯 보였습니다."

유운량의 말에 칼라반은 그저 묵묵히 고개를 끄덕였다.

그는 아직도 이곳 주변을 머물고 있는 기척들을 감지했다.

라그나로크에서부터 자신을 뒤따라온 자들이었다.

그들을 알아차린 것은 유운량도 마찬가지.

"저들이 신경 쓰이신다면 이곳에도 진을 설치해두도록 하겠습니다."

"아니. 그럴 필요 없다. 어차피 저들은 당분간 내 행동들을 살펴보다 다시 돌아갈 것 같으니까."

"그때까지는 지금처럼 지내실 생각이십니까?"

"뭐… 저들을 속이면서 따로 행동하자면 못할 것도 없겠지만. 지금은 이미지를 만들어 보여주는 것도 나쁘진 않겠지. 저들이 안심하고 당분간은 내게서 온전히 시선을 거둘 수 있도록. 그리고 제르단을 따라다니면서 아라곤 영지에 대해서도 좀 더 알아볼 생각이다."

"알겠습니다. 허면 저는 무엇을 하고 있으면 되겠습니까?"

"내가 직접 돌아다니며 영지를 둘러볼 동안 그대도 아라곤 영지에 대한 전반적인 것들을 알아봐주었으면 좋겠군. 마냥 모른 척하기엔 할리아른과의 약속도 있고… 계속 신경 쓰여서 말이야."

"그럼 그렇게 하겠습니다."

유운량은 부드러운 미소와 함께 파초선을 살랑살랑 부쳤다.

다음 날이 되자마자 제르단은 어김없이 칼라반을 찾아와 그를 데리고 나섰다.

이라벨이 그들과 함께 나서고 싶어했지만 제르단은 이것은 어른들의 일이라며 뒤따라오지 못하도록 했다.

유운량은 그들의 행동에 그다지 관심을 보이지 않았기에 제르단 역시 유운량에게는 크게 신경 쓰지 않는 눈치였다.

"그런데 저 사람은 대체 누구입니까?"

"내 심복."

"심복이요? 호오… 역시 블레이드 후보님이라 그런지 충성스런 부하까지 데리고 다니나보군요!"

"후훗, 그렇지. 뭐든 안심하고 맡길 수 있는 녀석이니까."

"대체 뭐 하는 사람이길래 공민 지부장님께서 그토록 신뢰하고 계신 겁니까?"

"음? 저 친구가 돈 관리는 꽤나 잘하거든. 덕분에 라그나로크에서 지낼 때에도 돈 걱정 없이 잘 살 수 있었다."

"이야… 특이한 복장을 하고 있어서 그냥 독특한 사람인가보다 했는데… 또 그런 특출한 능력이 있었을 줄은 몰랐군요!!"

제르단은 진심으로 감탄하는 척 말했다.

그리곤 이번에도 역시 칼라반을 데리고 아라곤 지역의 유흥가들을 돌아다녔다.

칼라반은 적당히 제르단의 의도를 받아주며 유흥가를 돌아다녔다.

그러면서도 그는 쉼 없이 아라곤의 이곳저곳을 살피고 있었다.

10년이란 세월이 지난 탓인지 그가 알고 있던 아라곤과는 사뭇 다른 모습들이었다.

특히나 길바닥 곳곳에 널브러진 사람들의 모습에 칼라반은 저도 모르게 인상을 쓰고 말았다.

부족하긴 해도 부랑자나 노숙자가 거의 보이질 않던 곳이 바로 아라곤이었다.

거리 곳곳에서 화기애애한 웃음소리들이 들려오고 꽃향기가 가득했던 기억이 있었다.

그러나 지금은 전혀 그런 느낌을 받지 못했다.

오히려 제르단을 따라 다니는 곳마다 술 냄새가 코끝을 찔렀고, 지나다니는 사람들의 얼굴에선 이전처럼 미소가 보이지 않았다.

"흐음… 이상하군……."

"무엇이 말입니까?"

"예전에는 이렇게까지 길바닥에 내몰린 사람들이 많진 않았는데… 전쟁이 끝난 지도 벌써 10년이라는 세월이 지났다. 그런데 어째서 영지민들의 삶은 그때보다 더 힘들어

보이는 거지?”

“호오… 그럼 공민 지부장님께서는 10년 전에도 아라곤 영지에 와보셨던 겁니까?”

“인연이 있어 잠깐 머문 적이 있었다.”

“그랬군요… 사실 저도 이곳으로 온지 엄청 오래된 것은 아니라 자세히는 모릅니다만… 여러 가지 상황 때문이 아닐까 싶군요.”

“여러 가지 상황?”

“넵! 그렇지만 그런 복잡한 얘기를 나눠봐야 뭣합니까!? 그냥 있는 그대로 순응하면서 사는 것이 가장 속편합니다. 그렇지 않습니까, 하하하!!”

제르단은 쾌활하게 웃으며 또다시 골목으로 접어들었다.

그렇게 그는 며칠 동안이나 칼라반을 데리고 술집과 도박장 등을 드나들었다.

칼라반은 단 한 번도 싫은 기색 없이 제르단과 흥을 맞춰주며 함께 다녔다.

그러다보니 나중에는 유흥가의 점주들도 서서히 칼라반을 알아보고 반가워하기 시작했다.

칼라반은 낮엔 제르단을 따라 여러 곳을 돌아다니며 영지를 살피고 밤에는 유운량을 통해 아라곤 영지에 관한 것들을 보고 받았다.

“주군께서 가장 의문을 품었던 것이… 전쟁이 끝난 지도

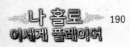

벌써 10년이 넘었건만 어째서 아라곤 영지민들은 전보다 더욱 힘든 삶을 사는지 였지요? 이렇게 뒤바뀐 모습에 관해서도 궁금해 하셨던 것으로 기억합니다."

"그렇지. 아무래도 이상하더군. 10년이 흘렀다곤 하지만 바뀌어도 너무 바뀐 모습이야. 특히나 할리아른을 포함한 아라곤 영지의 귀족들은 기사도 정신이 아주 강했던 것으로 기억한다. 워낙 대쪽같은 성격 탓에 주변 영지의 귀족들도 불편해 했었는데… 그런 귀족들이 머물고 있는 아라곤이 이렇게 변했다? 더더욱 쉽게 이해가 되질 않는군……."

"그 말씀이 맞습니다. 우선 알아보니 현재 아라곤 영지는 크게 두 세력으로 나뉘어져 있더군요."

"두 개의 세력으로?"

"예. 한 곳은 영주인 기아스를 중심으로 한 신흥세력입니다."

"신흥세력이라……."

"신흥세력의 중심을 이루고 있는 것은 영주인 기아스와 네라도 백작입니다."

"네라도 백작은 처음 듣는 이름이군."

"원래부터 아라곤에 머물던 귀족은 아니라고 합니다. 전쟁 때 몰락했던 백작 가문인데, 떠돌아다니는 생황을 하다 이곳 아라곤까지 흘러들어온 모양입니다. 본래 아라곤 영지의 귀족들에게도 인정받지 못한 인물이었으나 전 영주인 할리아른이 죽고 나서부터 기아스에게 서서히 인정받기 시작한 인물입니다. 그리고 현재는 기아스가 가장 아끼는 심복된 인물이기도 합니다. 아라곤 영지가 바뀌기 시작한 것도 이 네라도 백작이 기아스를 등에 업고 나서기 시작하면서라고 하더군요."

"흐음… 네라도 백작이라……."

칼라반은 뭔가 짚이는 것이 있는지 홀로 고개를 주억거렸다.

며칠 동안 제르단과 함께 돌아다니는 동안에도 심심치 않게 들려왔던 이름이긴 했다.

도박장이나 유흥가에서 쉬쉬하며 들려왔던 이름인지라 좋은 느낌은 아니었는데 운량의 말을 듣고 나니 다른 냄새가 나는 것 같았다.

"그리고 신흥 세력과 대치하고 있는 곳이 바로 워렌 백작을 중심으로 한 구시대 세력입니다."

"워렌 백작이라면 나도 잘 알고 있다. 늘 할리아른의 곁을 지켰던 인물이니까."

"정확한 이유는 모르겠습니다만… 현재 기아스와 워렌 백작과의 사이가 그다지 좋지 않은 모양입니다. 그 틈을 이용해 네라도 백작은 젊은 기아스를 설득하여 아라곤 영지를 더더욱 자신의 입맛대로 바꾸었던 것 같습니다."

"음… 우선은 기아스를 직접 보는 것이 좋겠군. 할리아른이 그토록 자랑했었는데 어떻게 그동안 어떻게 성장했

는지도 궁금하고."

"마침 조금 있으면 아라곤 영지에 커다란 행사가 열린다고 하더군요."

"행사?"

"예. 격기장에서 열리는 행사인데… 검투사나 실력 있는 기사를 두어 기아스 영주와 대련을 펼친다고 들었습니다. 매번 이런 식의 행사를 열어 영지민들을 독려한다고 하더군요."

"음… 일단 알겠다. 고생했다, 운량."

"고생이랄 것 있겠습니까."

운량은 담백한 미소와 함께 파초선을 펼쳐들었다.

바깥을 바라보며 살랑살랑 파초선을 부치고 있는 그의 모습은 절로 여유로움을 자아내었다.

* * *

쿠궁!

다부진 체격의 기사가 검을 바닥에 내리찍었다.

그의 화려한 갑주는 햇빛을 받아 더욱 늠름해 보였다.

수많은 젊은 귀족들이 중앙의 이 기사를 보기 위해 모여들었다.

그들은 선망어린 눈빛과 존경을 담은 눈빛으로 금발의 기사를 바라보고 있었다.

"아크로이어 황제님께서 입장하십니다!"

커다란 대전에 굵직한 목소리가 울렸다.

목소리를 멀리까지 들리게 해주는 확성 마법이 필요 없을 정도로 엄청난 소리였다.

이 목소리가 들리자마자 양옆으로 길게 나열해 있던 귀족들이 고개를 숙였다.

이 광활한 제국을 다스리고 있는 황제에게 경의를 표하는 것이었다.

금빛으로 수놓은 화려한 옷을 걸친 아크로이어 황제가 마침내 모습을 드러내었다.

그는 위풍당당한 걸음으로 좌중들을 내려다보았다.

그의 시선이 스쳐지나갈 때마다 저 멀리 중소귀족들은 몸을 바르르 떠는 것이 보였다.

이에 만족한 듯 입가에 미소를 내비친 아크로이어 황제가 선단에 올라섰다.

그를 위해 마련된 커다란 의자는 아름답게 세공된 보석들로 가득 차 있었다.

아크로이어는 조용히 의자에 앉았다.

"오늘도 안 온 것인가?"

양옆을 둘러보던 아크로이어 황제가 곁에 서 있는 가르망디를 바라보며 물었다.

그의 시선을 받은 가르망디는 조용히 고개를 저었다.

"그렇습니다. 찾으시는 분은 오시지 않았습니다… 대신

이번엔 테오스 왕이 방문해주었습니다.”

“흐음… 그렇군… 테오스가 왔나.”

아크로이어는 심드렁한 표정을 지었다.

자신의 이름이 거론되자마자 테오스가 앞으로 나서며 아크로이어를 향해 고개를 숙여 예를 표했다.

아크로이어도 직접 몸을 일으키며 그의 인사에 답해주었다.

비록 테오스가 자신의 산하에 있는 군주이긴 하지만, 그역시도 왕으로 불리는 인물이었다.

더욱이 많은 사람들이 자리한 곳이니만큼 테오스의 위신도 충분히 세워주어야 했다.

“아크로이어님. 이번 황실 아카데미를 좋은 성적으로 졸업한 이들입니다.”

가르망디는 귀족들의 앞으로 도열해 있는 이들을 가리켰다.

그곳에는 열 명의 남녀가 한쪽 무릎을 꿇고 고개를 숙이고 있었다.

그 중 단 한 명.

화려한 갑옷을 걸친 기사 한 명만 우직하게 서서 아크로이어를 올려다보고 있었다.

아크로이어의 시선이 마침내 그에게로 향했다.

쿵!!

기사는 아크로이어의 시선이 자신에게로 미치자 그때서

야 무릎을 꿇으며 아크로이어 황제에게 예를 표했다.

황실 아카데미를 수석으로 졸업한 이에게만 주는 특권이었다.

"그대인가보군. 이번 황실 아카데미를 월등한 성적으로 수석 졸업했다는 인재가."

"부족하지만! 최선을 다했습니다!!"

아크로이어의 말에 사내가 우렁차게 답했다.

그의 기개에 아크로이어는 만족스러운 미소를 지었다.

바짝 얼어 있는 듯 보이지만 사내의 눈빛은 강렬함이 살아 있었다.

"이름이 무엇인가?"

"바트로라고 합니다!"

"알겠다. 앞으로 우리 제국을 이끌어갈 인재이니만큼 내 기억해두도록 하겠다."

"영광입니다!"

아크로이어의 말에 바트로가 다시 한 번 고개를 숙였다.

귀족들은 두 눈을 빛내며 바트로를 지켜보고 있었다.

이제껏 많은 아카데미 졸업생들이 다녀갔음에도 불구하고 아크로이어 황제가 이름을 기억해두겠다는 말은 단 한 번도 한 적이 없었다.

그런데 이번 바트로의 이름은 황제가 기억하겠다 하였으니 앞으로 그의 미래는 탄탄대로나 다름없었다.

아크로이어 황제 곁에 있던 테오스 또한 바트로를 눈 여겨 보는 듯했다.

아카데미 졸업생들이 귀족들의 시선을 한 몸에 받고 있는 동안 아크로이어 황제는 그들을 축하하는 말을 전했다.

앞으로 제국을 위해 헌신한다면 그에 합당한 보상들을 주겠다는 내용들이었다.

그가 축하의 말을 모두 마쳤을 때 잠자코 있던 바트로가 다시 입을 열었다.

"황제께 부탁드리고 싶은 것이 있습니다!"

바트로의 호기

바트로의 갑작스러운 말은 많은 이들의 시선을 끌어당겼다.

황실 아카데미를 수석으로 졸업하는 것만으로도 많은 혜택들을 누릴 것이 분명했다.

그런 상황 속에서 바트로는 과연 아크로이어 황제에게 어떤 것을 부탁하고 싶은 것일까.

그의 돌발 행동은 모두의 궁금증을 자아내고 있었다.

"바트로! 비록 이 자리가 황실 아카데미를 수석으로 졸업한 그대와 그대의 동기들을 축하하는 자리라곤 하나, 황제께……."

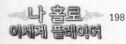

가르망디가 발끈하려는 때 아크로이어가 그를 막았다.

아크로이어 황제는 오히려 호기심이 동한 눈빛으로 바트로를 내려다보고 있었다.

"호오… 가르망디. 황실 아카데미가 생겨난 이래 가장 눈에 띄는 성적을 보였다는 사내다. 이 정도 호기는 부릴 줄 알아야지. 나는 더더욱 마음에 드는구나. 그래… 너는 내게 무엇을 부탁하려 하는 것이냐? 내 무엇이든 딱 한 가지만 들어주마!"

"감사합니다. 보통 황실 아카데미를 높은 성적으로 졸업한 5명에 한 해 제전을 하는 것으로 알고 있습니다."

"크로이드 제전을 말하는 것인가? 그렇지. 크로이드 제전은 다른 이들에게 그동안의 무위를 뽐낼 수 있는 더없이 좋은 자리기도 하다. 다른 사람들은 황실 아카데미의 인재들이 얼마나 뛰어난지 확인할 수 있는 자리이기도 하고 말이다."

"예."

아크로이어는 가르망디의 눈빛에 담긴 열망을 읽어 내렸다.

그가 무슨 생각을 하고 있는지 어렴풋이 짐작할 수 있을 것 같았다.

수석 졸업자가 기사일 경우 한 번씩 자신에게 했던 부탁이기도 했으니 말이다.

"검을 섞어보고 싶은 기사가 있는 모양이로구나."

아크로이어는 몇몇 유명한 기사들을 생각했다.

그러나 그의 예상과는 다르게 바트로는 단호히 고개를 저어보였다.

"음? 실력 있는 기사들에게 제전에서 가르침을 받고 싶은 것이 아니었나?"

"그런 것이 아닙니다. 저는 오히려 그곳에서 제대로 된 결투를 벌이고 싶습니다."

"뭐라? 제전에서 결투를 벌이고 싶다라……."

그동안 부탁해온 것들은 높은 수준에 머물고 있는 기사들에게 가르침을 받는 정도였다.

제전에서 후배 기사가 선배 기사에게 가르침을 받으며 그동안 갈고 닦은 실력을 마음껏 뽐내는 상황은 많이 보여지긴 했었다.

이것은 아크로이어 황제가 생각하는 좋은 그림 중 하나였다.

제국 기사들의 실력을 마음껏 뽐내고 자랑할 수 있었으니 제국민들이 구경 오기에도 좋았던 것이다.

그러나 지금 바트로의 말은 조금은 아크로이어 황제에게 실망감을 안겨다주었다.

그도 그럴 것이 그가 만만한 상대를 골라 자신의 실력을 증명해내려는 듯 보였기 때문이다.

그렇게까지 생각이 미치자 아크로이어의 미간에는 절로 주름이 잡히고 있었다.

"내게 그런 말을 꺼내는 것을 보니… 생각해둔 상대는 있는 것이냐?"

"예."

그의 물음에 바트로는 한 치의 망설임도 없이 답을 했다.

아크로이어 황제는 그럴 줄 알았다는 듯 고개를 주억거렸다.

"생각보다 배포가 작은 인물이었나? 그럴 듯한 상대를 골라 스스로의 능력을 뽐내려 함이라면 다시 생각해보길 권하마."

"그렇지 않습니다. 제가 이번 결투에서 맞붙고 싶은 상대는… 바로 고르아입니다."

상상도 못한 바트로의 말에 장내가 순식간에 얼어붙어버리고 말았다.

이곳에 모여든 중소 귀족들뿐만 아니라 고위 귀족들도 표정이 굳긴 마찬가지였다.

가르망디와 테오스도 입술을 꾹 다물고 말았다.

설마하니 바트로의 입에서 고르아의 이름이 나올 줄은 몰랐던 탓이다.

"네가 말하는 '고르아'가 내가 생각하는 그 고르아가 맞는가……!?"

"예! 황제 폐하께서 떠올리신 그 고르아가 맞습니다."

"어떻게 황실 아카데미 학생인 그대가 고르아의 존재를 알고 있는 것이지?"

아크로이어는 싸늘한 눈매로 좌중을 훑어보았다.

특히나 그의 시선은 황실 아카데미와 관련된 귀족들에게 오래 머무르고 있었다.

황제의 시선을 정면으로 받고 있는 그들은 차마 고개를 들지 못하고 있었다.

그들 역시도 설마하니 바트로가 고르아의 존재에 대해 알고 있을 줄은 몰랐던 탓이다.

더군다나 제전의 상대로 고르아를 고르겠다니…….

그들로서도 이것은 청천벽력 같은 소리였다.

"저는 테슬러 후작의 제자입니다. 그 덕분에 알고 있었을 뿐입니다."

"그랬군… 테슬러 후작의 제자였나…….”

"때문에 다시 한 번 부탁드리겠습니다. 부디… 이번 제전 때 고르아와 상대할 수 있도록 해주십시오!"

바트로는 더욱 절실한 모습으로 아크로이어에게 부탁했다.

그러나 이는 마냥 쉽게 생각할 일이 아니었다.

아크로이어는 말없이 테오스와 다른 귀족들을 바라보았다.

가르망디는 말없이 생각에 잠긴 모습이었고 마찬가지로 혼자 무언가를 고민하던 테오스가 슬며시 앞으로 나섰다.

"바트로. 그대가 고르아를 상대로 고른 이유는 무엇인가?"

"10년입니다."

바트로는 두 눈에 힘을 주어 테오스와 다른 귀족들을 바라보았다.

그는 천천히 몸을 일으켰다.

"대전쟁 이후로 10년의 세월이 흘렀습니다. 그동안 우리 제국은 아크로이어 황제 폐하의 통치 아래 지금까지 중더없을 부귀영화를 누리며 강성한 나라로 성장했습니다. 황실 아카데미에 있는 동안뿐만 아니라, 평소 생활을 할 때도 귀동냥으로 들은 적이 있습니다. 여러분들이 두려워하는 대기사장 칼라반의 잔재. 저는 이를 뛰어넘는 것을 증명해보이겠습니다."

"흐음……."

"으으음……."

바트로의 힘 있는 어조에 다른 귀족들이 무거운 침음성을 흘렸다.

그의 말에 뼈가 있었지만 쉽게 반박할 수 없었다.

솔직하게 말해 아직까지도 두려움이 있는 것은 사실이었으니 말이다.

오죽하면 칼라반이 제국 어딘가에 살아 있을 것이라 믿는 자들도 있었다.

"10년이란 세월 동안 우리 제국 역시도 서서히 세대교체를 시작했습니다. 본래 대기사장직을 지내셨던, 이곳에 계신 테오스님을 비롯한 다른 분들은 왕이 되어 제국 산하의 영지들을 통치하기 시작했고 대전쟁에 나섰던 기사분들은 후학을 양성하기 위해 황실 아카데미를 비롯한 많은 곳에서 힘을 쏟고 계십니다. 그리고 여기 있는 제 동료들과 저, 그동안 황실 아카데미를 거쳐간 수많은 인재들은 이제 제국의 중심이 되어 제국을 이끌어가기 시작하고 있습니다. 그러나 아직까지도 저희들은 지나치게 어리게만 보는 시선들이 존재합니다. 저희 또한 어엿한 기사! 아크로이어 황제 폐하를 보필하며 제국을 이끌어갈 차세대 인재들로서 그 인정을 받는 첫 발판으로 고르아를 삼으려 합니다!"

"오오오……!!!"

"멋진 말이로군……."

"그래… 그동안 우리가 지나치게 후배들을 과소평가하고 있었는지도 모르겠어."

"그렇지, 그렇지. 이제는 저들이 우리 때보다 더 뛰어나다는 것을 증명하기 시작할 때가 다가온 것이지."

바트로의 말이 끝나자마자 동요하는 귀족들이 생겨나기 시작했다.

사실 그들 마음속에 아직까지도 트라우마와 같이 남아 있는 불안의 잔재들을 서서히 지울 때가 된 것 같기도 했다.

이는 비단 이들만의 생각이 아니기도 했다.

테오스나 가르망디, 아크로이어 역시도 그런 생각을 하

고 있었다.

"좋다! 어떻습니까, 아크로이어님! 이 젊은 기사의 호기와 패기를 모른 척할 수는 없지 않겠습니까!? 저는 이들에게 기회를 주어도 좋다 생각합니다. 이들 스스로의 힘으로 과거의 잔재를 뛰어넘어보는 것. 그것이야 말로 스스로를 증명해내는 가장 큰 도약이 아닐까 싶습니다."

"……."

힘을 주어 말하는 테오스의 외침에 아크로이어 황제는 홀로 고민에 잠겼다.

가르망디는 그의 생각을 더욱 복잡하게 만들까 싶어 묵묵히 아크로이어의 다음 말을 기다렸다.

마침내 모든 생각을 마친 아크로이어 황제가 고개를 끄덕였다.

"알겠다. 그렇다면 이번 제전의 마지막은 황실 아카데미 수석 기사 바트로와 고르아의 결투가 성사될 것이다. 그대라면 충분히 고르아를 이길 수 있을 것이라 믿어 의심치 않는다."

"기대에 부응하겠습니다!"

"부디… 나를 실망시키지 않도록 하여라."

아크로이어의 말에 바트로가 연신 고개를 숙여 보였다.

그의 눈은 열망에 가득 차 있었다.

자신에게 천재일우의 기회가 다가온 것을 알게 되었음이다.

'훗. 어차피 과거의 바라진 유물일 뿐이다. 황실 아카데미를 수석으로 졸업한 내 상대는 아니야. 그렇지 않아도 이번 아카데미 기수 녀석들은 실력들이 형편없어 곤란하던 차였는데 잘되었군. 이 참에 고르아 따위를 죽이고 우뚝 존재감을 드러낸다!'

슬쩍 올라간 바트로의 입꼬리는 아크로이어가 자리를 떠날 때까지 내려올 생각을 안 했다.

그렇게 축하연이 끝나고 며칠 지나지 않아 제전 준비가 마무리 되었다.

제전이 열리는 콜로세움에는 수많은 제국민들로 가득했다.

한쪽에 마련된 귀빈석에는 수많은 귀족들이 자리해 있었다.

그들은 모두 이번 황실 아카데미를 뛰어난 성적으로 졸업한 이들을 보기 위해 모였다.

분위기를 돋우기 위해 처음에는 뛰어난 실력의 투사들과 검투사들이 나와 대결을 벌였다.

그들의 박진감 넘치는 싸움에 제국민들이나 귀족들 모두 열광하기 시작했다.

아크로이어 황제는 가장 화려한 곳에 앉아 이 모든 것들을 바라보고 있었다.

그의 곁은 테오스와 가르망디가 지키고 있었다.

아크로이어 황제와 테오스 왕이 함께 지켜보고 있으니

검투연을 벌이는 자들은 더욱 열과 성의를 다했다.

그들의 검투가 끝나고 곧 황실 아카데미 졸업자들이 하나 둘 연무대 위로 올라와 스스로의 실력을 뽐냈다.

선배 기사를 상대하며 화려한 검술을 자랑하는 이도 있었고 불이나 얼음을 소환해 마법을 보여주는 자도 있었다.

화려한 검술과 마법이 펼쳐질 때마다 제국민들은 열렬한 환호를 보냈고 귀족들은 눈을 반짝였다.

눈 여겨 보았다가 차후 좋은 쪽으로 접근한다면 자신의 영지로 끌어들여올 수 있는 여지도 있었다.

그리고 마침내 차석으로 졸업한 기사의 제전이 끝이 났다.

마지막 순서를 앞두고 모두가 열광하기 시작했다.

드디어 이 제전의 마지막 주인공을 앞두고 있는 것이다.

뜨거운 환호와 함께 화려한 갑주를 걸친 바트로가 모습을 드러내었다.

투구를 깊게 눌러쓰고 한 손에는 츠바이한더를 들고 있는 바트로의 모습은 그 누구보다도 용맹해 보였다.

그의 멋진 모습에 관중들은 더없이 열광하고 또 열광했다.

과거의 퇴물

관중들의 반응에 만족한 고위 귀족들이 흡족한 미소를 짓고 있었다.

그러나 테오스만은 달랐다.

다른 이들은 잘 모를 수 있겠지만 테오스만큼은 고르아에 대해 잘 알고 있었다.

그의 표정을 살핀 가르망디가 슬쩍 다가왔다.

"이렇게 좋은 날에 왜 그렇게 어두운 안색을 하고 계십니까."

"후… 내가 그랬나……."

"혹시 바트로 경이 걱정되어서 그런겁니까? 그런 거라

면 그리 걱정하지 않으셔도 될 듯합니다. 바트로 경은 이번 황실 아카데미 졸업생 중에서도 가장 뛰어남을 자랑한 인물입니다. 그런 바트로가 질 리 없질 않겠습니까?"

"나도 그렇게 생각하네만… 그래도 이 불안한 느낌을 지울 수 없군……."

테오스는 쓸쓸한 미소를 감추지 못했다.

그의 옆에 앉아 있던 테슬러 후작이 안심하라는 듯 웃어 보였다.

"제 제자는 누구보다 강합니다. 그러니 불안치 마시고 믿어주십시오."

"이런… 미안하게 되었네, 테슬러 후작. 내가 괜히 신경 쓰이게 만든 것 같군."

"아닙니다. 과거 대전쟁 시대를 몸소 겪으신 분이니 그 마음은 충분히 이해합니다."

테슬러 후작은 은근히 테오스의 반응을 비웃는 듯 보였다.

그러나 평소 테오스란 인물에 대해 잘 알고 있는 가르망디로선 사뭇 이상함을 느끼고 있었다.

"고르아가 대체 어떤 자이길래 테오스 왕께서 그런 얼굴을 보이시는 겁니까? 아크로이어 황자님을 가까이서 모시긴 했지만… 저는 사실 칼라반과 그들 군단에 대해서 상세히 알고 있지는 못합니다."

"고르아는……."

쿠르르릉—!!

그때 두꺼운 철문이 천천히 열렸다.

그 안에서 온 몸을 쇠사슬에 묶인 커다란 덩치의 사내가 기사들의 손에 이끌려 걸어 나왔다.

그의 등장에 장내가 서서히 술렁이기 시작했다.

다른 것보다 사내의 어깨에 드러난 문장이 가장 눈에 띄었다.

큼지막하게 새겨진 불꽃의 문양이 햇빛을 받아 번들거렸다.

"흑염의 문장……."

"저것은… 솔 기사단의……!?"

"아아……."

장발의 머리를 덥수룩하게 기른 고르아는 가라앉은 시선으로 주변을 둘러보았다.

제대로 먹지 못한 탓인지 체격에 비해 조금은 야윈 모습이었다.

그러나 그가 드러내는 엄청난 존재감만큼은 지켜보는 좌중을 압도하고도 남았다.

고르아를 처음 보는 귀족들의 동공이 눈에 띄게 흔들리기 시작했다.

그들이 보기에도 고르아란 사내는 결코 평범치 않음을 느낄 수 있었다.

귀족들뿐만이 아니었다.

나 홀로
이세계 플레이어

이번 바트로의 상대가 설마하니 솔 기사단의 일원일 것이라곤 전혀 예상치도 못한 제국민들은 하나같이 넋이 나간 얼굴들을 하고 있었다.

기사들이 고르아에게 다가가 그를 묶고 있던 쇠사슬들을 하나 둘 거두어들였다.

"저자가 바로 고르아……."

고르아를 처음 마주한 것은 바트로 또한 마찬가지.

막상 고르아와 마주서고 보니 그에게서 느껴지는 압박감이 전신을 짓누르는 듯했다.

게다가 고르아는 정작 자신의 앞에 있는 바트로에게는 시선을 두지 않고 있었다.

그는 오히려 아크로이어 황제와 테오스 왕이 있는 곳을 바라보고 있었다.

그와 시선을 마주한 테오스가 무거운 침음성을 삼켰다.

"누… 눈빛… 부터가 다르군요… 눈빛을 마주하기만 해도 소름이 돋을 정도입니다."

"당연하다… 칼라반이 이끌었던 13군단의 병력은 총 5만. 그는 우리들과는 다른 군사 제도를 사용했다."

"다른 군사 제도요?"

"칼라반이 고안해낸 그들만의 독특한 방식이었는데… 숫자로 짝을 지어 십인장, 백인장, 오백인장 등의 기사장들을 두었다."

"그럼 저 고르아란 사내는……."

"고르아의 위치는 오천인장이다. 칼라반의 13군단 내에서 단 열 명밖에 없는 오천인장… 그중 한 명이 바로 거력의 기사 고르아다."

"아……."

테오스의 소개에 가르망디도 다시 한 번 고르아 쪽을 바라보았다.

여전히 그는 깊은 분노를 담은 눈빛으로 이곳을 바라보고 있었다.

그때 고르아를 지켜보던 테슬러 후작이 코웃음을 쳤다.

"흥! 그래봤자 구시대의 기사일 뿐입니다. 더군다나 저자는 오랫동안 감옥에 감금되어온 자. 몸도 온전치 못할 것입니다."

"그렇네… 그럴 수 있겠지."

"거기다 사실 대전쟁 시대를, 아니 칼라반의 군대를 제대로 경험해보지 못한 저희들로서는 사실 소문이 과장된 것은 아닌지 늘 의구심을 품어오기도 했습니다. 으레 그렇듯, 소문은 과장된 것이 아니겠습니까? 솔직하게 말해서 저 또한 많은 분들이 칼라반 군단의 잔존 병력들에 지나치게 민감한 반응을 보인다고 생각하는 사람 중 한 명입니다."

"……."

테슬러 후작의 말에 테오스는 그저 쓴웃음으로 답을 대신했다.

결국 테슬러 후작이 하고 싶은 말은 바로 이것이었을 터였다.

사실 자신을 비롯한 많은 귀족들이 아직까지도 칼라반이라는 망령에 괴롭힘을 당하고 있었다.

눈앞에서 그의 죽음을 목격했음에도 칼라반이 다시금 살아 돌아와 자신의 목에 검을 겨눌 것 같은 공포와 불안감이 지워지질 않았다.

"그때 어떻게 해서든 칼라반 휘하 만인대장들을 붙잡았어야 했는데……."

그들을 붙잡기 위해 필사적으로 쫓았지만 그들은 귀신과도 같이 제국군의 포위망을 빠져나가버리고 말았다.

칼라반 군단의 많은 간부들을 붙잡거나 사살했지만 정작 만인대장은 단 한 명밖에 잡아들이질 못했다.

"후우… 그래 그나마 한 명이라도 붙잡아서 다행이로군… 그마저도 아니었다면 저들이 언제든 칼을 갈고 복수해 왔을 수도 있었을 거야… 붙잡힌 그 한 명이 그들의 움직임을 조이는 인질이 되고 있는 상황이라니……."

칼라반의 성향을 따라 솔 기사단 역시 동료들을 끔찍하게 여기는 이들이었다.

만약 허튼 행동을 한다면 그들의 동료들이 죽음을 맞이할 것을 잘 알고 있기에 10년 동안이나 그들도 잠잠히 지내는 것이라 여기고 있었다.

덕분에 마찬가지로 제국 황실 역시 칼라반과 관련된 자

들을 함부로 사형시키거나 할 수 없었다.

자칫 그들의 죽음이 잘못해서 알려지기라도 한다면 칼라반 군단과 솔 기사단의 괴물들이 언제든 황실에 검을 들이밀 수 있음을 우려한 것이다.

그만큼 칼라반의 잔존 세력들은 아직까지도 이들의 폐부를 위협하는 가시와 같은 존재들이었다.

"무슨 생각을 그리 골몰히 하고 계시는 겁니까?"

"아아… 아닐세. 그냥… 옛날 생각이 나서 말이야."

가르망디의 물음에 테오스는 손사래를 치며 가볍게 넘겼다.

그런 테오스를 보며 테슬러 후작은 남몰래 고개를 젓고 말았다.

"나는 디키뮬리 가문의 바트로다―!!"

그때 연무대의 중앙에 있던 바트로가 패기 있는 모습으로 외쳤다.

갑작스럽지만 그의 호기로운 외침에 관중들도 함께 환호를 보냈다.

아크로이어 황제나 다른 고위 귀족들도 흐뭇한 미소를 띠며 그를 내려다보고 있었다.

반면 고르아는 무표정한 얼굴로 주위를 둘러보고 있을 뿐이었다.

바트로는 고르아가 자신에게 눈길조차 주질 않자 미간을 찌푸리고 말았다.

"나 바트로를 보아라! 나는 황실 아카데미를 수석으로 졸업한 몸이다. 그대의 상대로 부족함은 전혀 없을 거다. 아니, 오히려 과거의 퇴물일뿐인 당신에게 나는 과분한 상대일지도."

그러나 이번에도 고르아는 자신이 아닌 아크로이어 황제와 테오스 왕이 있는 쪽을 바라보고 있었다.

이어 그는 누군가를 찾듯 고개를 돌렸다.

고르아가 시선조차 주질 않자 바트로도 이번엔 발끈하고 말았다.

바트로를 상대조차 않는 고르아의 행동에 장내 관중들도 술렁이기 시작한 것이다.

가장 주목 받아야 할 자신의 무대가 고르아 하나 때문에 망쳐질 순 없었다.

이를 악물던 바트로는 이내 조소를 지었다.

"훗… 그대에 대해서는 얼추 들었다. 보이는 덩치처럼 무식하게 힘만 센 기사였다지? 검도 제대로 들지 못했다는 자가 이끄는 군단이었으니… 당신 같은 사람도 기사장을 할 수 있었나보군."

바트로는 일부러 어이가 없다는 과장된 몸짓까지 보여주었다.

그 순간 드디어 고르아의 시선이 그에게로 향했다.

이에 바트로는 때는 이때다 싶어 더욱 목소리를 높였다.

이곳을 바라보고 있는 관중들 모두가 들을 수 있도록.

"모두 그런 표정을 짓고 있을 필요 없습니다! 저자는 단지 이 자리에서 느껴지는 압박감에 얼어붙어 있는 것뿐입니다! 눈앞의 반역자는 단지 과거의 퇴물일 뿐!! 언제까지 기억에 썩혀둘 필요가 전혀 없습니다. 우리 제국은 그 이후 수많은 번영을 이룩해냈으며 그때보다 더욱 강한 기사들을 배출해내었습니다. 그것은 저 또한 마찬가지입니다. 저는 이번 황실 아카데미에서 가장 뛰어난 성적을 받았습니다. 과감히 말씀드리지만 황실 아카데미 안에선 저의 경쟁자라 불릴 사람도 없었습니다. 그래서 저는 이 자리에 섰습니다. 여러분들의 기억을 발목잡고 있는 저 과거의 퇴물을 철저히 무너트리고! 제 실력을 입증해 보임으로서 신세대의 기사들도 결코 과거에 뒤지지 않는 다는 것을, 아니 오히려 더욱 낫다는 것을 보여드리겠습니다! 그리고 오늘이! 바로 그 첫걸음이 될 것입니다."

"……."

고르아는 말없이 바트로를 쳐다보고 있을 뿐이었다.

그가 자신에게 집중하는 듯하자 마침내 바트로도 한쪽 입꼬리를 말아 올렸다.

자신의 도발이 먹혀들었다는 생각이 강하게 스친 것이다.

스릉―!

그는 고르아를 향해 검끝을 겨누었다.

"칼라반이라 했던가! 나는 늘 생각했다. 검조차 제대로

휘두르지 못하는데 어떻게 그를 기사라 부를 수 있지? 또한 그런 한심한 기사의 밑에 있던 그대 따위에게도! 나는 결코 질 수가 없을 것 같군."

"우오오오——!!"

"와아아아!!! 역시 젊음의 패기로군!!"

"크하하하!!!!! 제국의 미래가 밝다!!"

바트로의 말이 끝나자마자 여기저기서 환호가 터져 나왔다.

그들은 광신도라도 된 것처럼 바트로의 이름을 연호했다.

바트로는 단 한 순간에 얼어붙어가던 장내의 분위기를 자신의 것으로 만들어버린 것이다.

"후훗, 제법이로군."

"호오… 자신감이 좀 지나치긴 하지만 그것은 아직 젊으니 그렇다 치고… 생각보다 뛰어난 인재가 나온 것 같군요. 사람들을 휘어잡는 웅변술까지 갖고 있다니……."

"좋은 달변(達辯)이긴 했는데 검술 실력도 저 말솜씨만큼이나 뛰어났으면 좋겠군."

"걱정하지 마십시오. 바트로는 제가 애정으로 키운 제자입니다. 그러니 실력은 의심할 여지가 없을 겁니다."

테슬러 후작의 어깨가 한껏 치솟았다.

곁에 있던 고위 귀족들은 부러움과 시기가 한데 섞인 시선들로 그를 바라보고 있었다.

그들의 그런 시선이 느껴지자 테슬러 후작은 더욱 자랑 가득한 표정을 지어보였다.

사실 고르아와의 대결도 자신이 낸 아이디어였다.

바트로도 테슬러 후작과 비슷한 생각을 갖고 있었기에 흔쾌히 따라주었다.

마음 같아선 테슬러 후작 본인이 직접 나서서 고르아를 상대하고 싶었지만, 그러기엔 이미 본인의 위치가 함부로 움직일 수 없는 위치가 되어버렸다.

가볍게 나설 수 없는 만큼 묵직한 체통을 유지해야 했다.

더욱이 자신은 고르아와 같은 반역자들과 대결을 펼칠 이렇다 할 명분도 없었다.

그래서 이 방법을 떠올린 것이다.

자신이 키운 제자 바트로가 고르아를 쓰러트린다면, 자연스레 그런 바트로를 가르친 자신 또한 능력을 인정받게 되는 셈이었다.

그러니 이제 바트로가 고르아를 이기기만 해주면 되는 일이었다.

"자… 보여주거라 바트로. 과거의 퇴물 따위 쉽게 죽여 버려라. 그리고 나서 오늘의 명성을 얻는 거다."

테슬러 후작은 누구보다 눈을 반짝 거리며 고르아와 바트로가 서 있는 곳을 바라보았다.

고르아의 의지

"함부로 주군의 존함을 입에 올리지 마라."

굳게 닫혀 있던 고르아의 입이 처음으로 열렸다.

그는 차가운 시선으로 바트로를 내려다보고 있었다.

"큭… 주군이라니. 웃기지도 않는군. 칼라반은 그저 반역자일 뿐이다."

"너같은 피라미 따위가. 함부로 입에 담을 수 있는 이름이 아니라고 했다."

"웃기는 소리!!"

드디어 바트로가 움직이기 시작했다.

그는 빠른 속도로 몸을 날리며 검을 치켜들었다.

"흐아압—!!!"

힘을 실은 일격이 고르아에게로 향했다.

수직으로 올라선 검날이 거친 기세로 하강했다.

콱!

그러나 그의 검은 허무하게 막혀버리고 말았다.

고르아는 그저 손 하나를 살짝 들어 올리는 수준이었다.

너무나도 가볍게 막힌 바트로의 공격에 지켜보는 이들도 허탈할 지경이었다.

주륵—

검날을 붙잡은 고르아의 손에서 붉은 핏물이 흘러내렸다.

지금 이 순간 누구보다 놀란 이는 바로 바트로였다.

전력을 다해 휘두른 것은 아니었지만 그래도 쉽게 막아설 수 없을 정도의 공격이라고 생각했다.

그런데 고르아는 아무렇지도 않게 자신의 검날을 붙잡고 있었다.

더욱이 그의 손에는 작은 생채기 정도만 났을 뿐이다.

"황실 아카데미라고……."

고르아는 붙잡은 검날을 한쪽으로 치워냈다.

바트로로선 어떻게든 고르아의 힘에 저항해보려 했으나 역부족이었다.

그의 검은 고르아의 손이 움직이는 대로 움직였다.

"이…이익…!"

바트로가 얼굴까지 붉혀가며 온 힘을 주었으나 검은 꿈쩍도 하질 않았다.

그의 팔뚝엔 선명한 힘줄마저 떠올랐다.

고르아는 천천히 다른 쪽 손을 들어올렸다.

"어린애들 소꿉장난이나 하는 곳인가 보군."

후웅——!

파쾅!!!!

"커헉……!"

고르아의 큼지막한 주먹이 바트로의 복부를 때렸다.

탄탄한 갑옷을 입고 있었음에도 불구하고 강한 충격이 전해졌다.

그의 몸이 허공으로 떠올라 힘없이 날아가 버리고 말았다.

털썩!

바닥에 떨어진 바트로가 곧바로 몸을 일으키려 했다.

그러나 순간적으로 숨이 턱 막혀오는 느낌이었다.

그는 슬쩍 시선을 내려 맞은 곳을 확인해보았다.

"맨주먹으로 갑옷을 이렇게……."

단 일격을 버티지 못하고 갑옷엔 균열이 일어나 있었다.

터벅.

터벅. 터벅.

고르아는 천천히 걸음을 옮기며 주위를 둘러보았다.

바트로만큼이나 당황한 관중들의 표정이 고스란히 드러

나 있었다.

특히나 바트로의 일방적인 승리를 예상하고 있던 귀족들은 굳은 얼굴들을 하고 있었다.

"악취미로군. 구경거리가 되다니."

고르아는 중앙에 앉아 있는 아크로이어 황제를 노려보았다.

그러자 분노와 함께 살기가 치밀어 올랐다.

"후우… 인정하겠다. 그래도 대전쟁 시대를 살아갔던 기사였는데… 내가 너무 당신을 얕봤어. 그러니 지금부터는 제대로 상대해주겠다. 정령 따위나 부리는 칼라ㅂ……."

휘익—!

파앙!!!

순식간에 일어난 일이었다.

저만치 떨어져 있던 고르아의 주먹이 바트로의 안면을 가격했다.

바트로는 미처 반응하지 못하고 또다시 일격을 내어주고 말았다.

그의 뺨을 보호해주던 투구는 고르아의 주먹 앞에서 제 기능을 잃어버리고 말았다.

"그 건방진 입에 주군의 존함을 담지 말라고 했다."

후우웅.

잠잠하던 고르아의 전신에서 강대한 마나가 용솟음치기 시작했다.

엄청난 마나의 흐름에 그가 입고 있는 옷마저도 펄럭거렸다.

"뭣하고 있는 거냐, 바트로! 봐주지 말고 전력을 다해라!!"

보다 못한 테슬러 후작이 소리쳤다.

그는 생각지도 않던 전개에 잔뜩 얼굴을 찌푸리고 있었다.

바트로에게 기대를 걸던 귀족들의 실망이 여기까지 느껴지는 것 같았다.

그 뿐만 아니라 그 실망은 곧 자신에 대한 실망인 것 같기도 했다.

특히나 테오스 왕의 표정도 신경 쓰였다.

'시대를 잘 만난 주제에……'

테슬러 후작은 테오스 왕을 그렇게 생각하고 있었다.

다른 대기사장들 중에서도 가장 약한 무위를 가졌다고 평가 받는 사내.

그럼에도 많은 사람들이 테오스를 인정하는 이유는 그의 진정한 능력이 다른 곳에 있었기 때문이다.

하지만 테슬러 후작은 뼛속부터 기사인 인물이었다.

그는 테오스 왕이 전쟁의 시대에 태어난 것이 아니었다면 지금처럼 인정받지 못했을 것이라 내심 생각하고 있었다.

그런 테오스 왕의 앞이니 더더욱 코를 납작하게 만들어

줬어야 했는데 바트로가 그의 기대에 부응치 못하고 있으니 울화가 치밀 지경이었다.

"후읍……!"

고르아에게 두 차례나 맞고 얼떨떨해하던 바트로가 차분히 호흡을 골랐다.

우웅―!

그의 검에 오러가 발현되기 시작했다.

"우오오――!!"

"오오오!!"

검 끝에 맺힌 오러를 보며 관중들이 반응하기 시작했다.

그러나 정작 고르아는 무덤덤한 태도였다.

"이제부턴 쉽지 않을 거다!"

바트로는 고르아를 향해 힘차게 도약했다.

사실 애초부터 고르아는 무기 하나 없이, 갑옷 하나 걸치지 않은 상태.

그에 반해 자신은 전신 무장을 하고 검까지 든 상태였다.

동등한 조건으로 대결을 펼치고 싶다 말했지만 높은 등급의 죄수로 있는 고르아에게 병장기를 지급하는 것은 절대적으로 불가능하다는 답을 들었다.

사실 고르아를 처음 봤을 때까지만 해도 이러한 조건 속이라 적당히 봐주며 상대하겠다는 생각을 가지고 있었다.

그러나 지금부터는 달랐다.

이곳에 있는 사람들의 수는 대략 8만 명.

그 많은 사람들이 지켜보고 있는 가운데 모욕적인 창피를 당하고 말았다.

이제 기사도에 어긋난 대결.

상대에게는 병장기도 주지 않고 이루어진 비겁한 대결이라는 후의 소문에 대해서는 신경 쓰지 않기로 했다.

지금 바트로의 머릿속엔 눈앞의 고르아를 이기는 것이 우선이었다.

그러나 이것도 마음뿐이었다.

그는 황실 아카데미에서 배운 대로, 테슬러 후작에게 가르침을 받은 대로 검술을 펼쳤으나 애석하게도 고르아의 옷깃 하나 스치지 못했다.

고르아는 커다란 덩치에 어울리지 않은 날렵한 움직임으로 바트로의 검을 피해내었다.

"이익……!"

이에 바트로는 더욱 열을 올리며 검을 휘둘렀다.

그러나 고르아는 마치 그의 검로를 미리 읽어내듯 손쉽게 피해내고 있었다.

"크윽…! 언제까지 피하기만 할 셈이냐! 내 마나홀의 마나가 바닥나길 기다리는 거라면 소용없는 짓이다!"

"오러 소드라. 좋은 방법이다만 상대방에게 닿질 않으면 위력이 강한 오러도 아무 소용없는 일이지."

검을 피하기만 하던 고르아가 마침내 두 팔을 움직였다.

휘리릭!

파앙!!! 파쾅!!

그의 주먹이 연속으로 바트로의 몸을 가격했다.

"크아아!!"

이에 분노한 바트로가 이성을 잃고 더욱 격렬하게 검을 휘둘러대었다.

"너. 우리를 과거의 퇴물이라 했나."

"그렇다! 네놈들은 그저 과거의 퇴물일 뿐이다아!!!"

바트로는 이를 악물고 검을 휘둘렀다.

후우웅──!

그 순간 강렬한 마나가 고르아의 팔을 휘감았다.

"너 따위는 그 전쟁터에서 단 한 번도 살아남지 못했을 거다."

파콰아앙──!!!

엄청난 굉음과 함께 바트로가 저만치 날아가 버리고 말았다.

"바트로!"

"바트로오!!!"

"헙!!"

"꺄아악!!!"

벽면에 처박힌 바트로가 피를 토해내며 쓰러지고 말았다.

그를 보호하던 갑옷은 처참히 파괴되어 있었다.

고르아는 무심한 눈으로 바트로를 내려다보았다.

그러다 그의 시선에 들어오는 것이 있었다.

벽으로 날아가기 직전 바트로가 놓쳐버린 검이었다.

테슬러 후작은 반사적으로 몸을 날려 바트로의 곁으로 달려갔다.

그는 바트로의 옆에 도착하자마자 상태부터 살폈다.

다행히 좋은 갑옷을 입고 있던 덕분에 치명상은 면한 상태였다.

그러나 처참하게 당한 제자의 모습은 이미 테슬러 후작으로 하여금 이성을 잃게 만들기엔 충분했다.

그는 분노에 찬 얼굴로 고르아를 노려보았다.

"이 빌어먹을 놈이……!!!!"

파밧!

차랑!

테슬러 후작은 허리춤의 검을 뽑았다.

"테슬러 후작!! 안 돼!!"

테오스가 그를 말리려 했지만 이미 분노로 이성을 잃은 테슬러 후작에게 테오스의 말이 들려올 리 없었다.

고르아는 옆에 놓아진 검을 들어올렸다.

"죽어라!!!"

테슬러 후작은 빠르게 검을 휘둘렀다.

그러나 고르아는 어렵지 않게 테슬러 후작의 검을 막아내었다.

위우웅─!!

테슬러 후작의 검에서 오러가 치솟아 올랐다.

그러자 고르아의 검에서도 오러가 솟아올랐다.

후우웅—!!

고르아의 검에 실린 강렬한 오러가 테슬러 후작의 오러를 집어삼키는 듯 보였다.

둘의 검격이 계속 될수록 오히려 수세에 밀리는 쪽은 테슬러 후작이었다.

테슬러 후작은 고르아와 한 번 한 번 합을 부딪칠수록 전해져 오는 묵직한 힘에 내심 당황하고 말았다.

마치 거대한 돌판에 검을 휘두르는 느낌이었다.

"치잇……!"

테슬러 후작은 검의 속도를 더욱 높였다.

반면 고르아는 우직한 검술을 보여주고 있었다.

테슬러 후작처럼 화려하진 않지만 정확하게 약점을 노리고 들어오는 한 번 한 번이 날카로운 검격들이었다.

보다 못한 다른 기사들이 테슬러 후작을 도와 고르아를 제압하려 들었지만, 아크로이어 황제가 이를 말렸다.

"지켜봐라. 나는 테슬러 후작을 믿는다."

그의 말 한 마디에 모두가 움직임을 멈추었다.

그리곤 눈앞에 펼쳐지고 있는 치열한 싸움에 집중했다.

테슬러 후작의 몸에 상처가 늘어나고 고르아의 몸에도 상처가 늘어나기 시작했다.

사방팔방으로 뿌려지는 그들의 피가 연무대를 적셨다.

덜그럭—!

휘청!!

치열하게 접전을 이어가던 중 테슬러 후작의 몸이 흔들리고 말았다.

바트로가 입고 있던 갑옷이 깨지면서 떨어져 나갔던 파편을 밟아버린 것이다.

그 잠깐의 찰나를 놓치지 않고 고르아의 검이 테슬러 후작의 팔을 베어버리고 말았다.

좌라락—!!

"크아악!!"

테슬러 후작은 핏물이 터져나오는 부위를 움켜쥐며 몸을 물렸다.

"이런 비겁한……!!!"

"검을 들었다는 것은 목숨을 걸었다는 뜻. 목숨을 건 전장에서 비겁한 것은 없다."

무자비한 고르아의 검이 그대로 테슬러 후작의 목을 베어버리고 말았다.

그 모습을 목격한 수많은 사람들이 탄식을 뱉어내고 말았다.

고르아는 천천히 몸을 돌렸다.

그리곤 한 차례 크게 숨을 들이마시며 좌중들을 훑어보았다.

"나는—!!! 그대들을… 제국을 지키기 위해 싸워온 위대한 군주 칼라반님의 부하 고르아다!!!"

그의 엄청난 사자후가 사방으로 뻗어나갔다.

압도적인 그의 존재감에 이곳으로 온 모두가 침묵하고 말았다.

그때 고르아가 먼저 몸을 날렸다.

아크로이어 황제를 보고 있는 그의 눈동자엔 강렬한 살의가 담겨 있었다.

"주군을 죽음으로 몰아넣은 당신만큼은 결코 용서할 수 없다!!!!"

고르아가 도약함과 동시에 다른 쪽에서도 누군가가 몸을 날리고 있었다.

고르아는 강렬한 오러를 뿜어내며 아크로이어 황제를 향해 검을 휘두르려 했다.

콰가가강!!

그러나 그의 검은 또 다른 검에 막혀버리고 말았다.

"테오스 대기사장……."

그의 검을 가로막은 것은 다름 아닌 테오스였다.

"여기까지다, 고르아."

"그대 또한 마찬가지. 나는 동료인 칼라반님을 버리고 매정하게 돌아선 당신들도 결코 용서할 수 없다!!!"

고르아는 절규하듯 울부짖었다.

그의 분노를 고스란히 담은 검이 테오스의 목을 노렸다.

그러나 테오스는 가볍게 고르아의 검을 받아넘겨 버렸다.

테오스의 검에서 선명한 오러가 뿜어져 나오기 시작했다.

"오오… 저것이 바로……."

"테오스 왕… 저분 또한 대전쟁 시대를 살아온 대기사장님…….."

"그래… 평소 인자한 얼굴 때문에 잊고 있었군… 저분이 대기사장직을 수행하셨던 분이라는 걸…….."

 선명한 오러를 만들어낸 테오스는 순식간에 고르아를 압도하기 시작했다.

격기장

혹시 모를 상황에 대비해 주변에 대기하고 있던 기사들도 테오스와 고르아와의 싸움에 입을 떡하니 벌리고 말았다.

바트로를 간단히 제압하고 테슬러 후작의 목까지 베어낸 고르아였다.

모두가 두려워하던 그 모습을 고스란히 보여주며 존재감을 드러낸 고르아였으나 테오스 왕 앞에서는 그 힘을 온전히 펼쳐내지 못했다.

고르아와 테오스가 만들어낸 오러가 허공에서 격돌할 때마다 고르아는 뒤로 밀려나고 테오스는 앞으로 나아가는 형국을 취했다.

이를 악문 고르아가 어떻게 해서든 형세를 역전시켜보려 했으나 그의 검은 테오스에게 모두 가로막히고 말았다.

"전쟁이 끝난 이후로 마냥 술이나 마시면서 허송세월만 보냈을 줄 알았더니… 그동안 검술을 게을리 하진 않았나 보군."

"기사는 죽는 순간까지 손에서 검을 놓지 않는다. 그것은 다른 누구보다 너희들이 가장 잘 알지 않나?"

"역겹군. 테오스 대기사장. 그대는 과연 자신 있게 본인 입으로 기사라 말할 수 있는가?"

"나는 나의 주군께 충성을 다했을 뿐이다."

"개소리! 당시 그대들이 충성을 바쳤던 대상은 선황제셨다! 아크로이어 황자가 아니었어!! 그대들은 그저 칼라반님을 시기했을 뿐이다! 칼라반님과 우리가 두려워 그 따위 행동을 벌인 것뿐이야! 내 말이 틀렸다고 할 수 있나!?"

분노에 찬 고르아가 목에 핏줄이 선명하게 보일 정도로 크게 외쳤다.

그의 외침에 장내가 술렁이기 시작했다.

테오스 왕이 이렇다 할 반박을 않고 조용히 입을 다물고 있었기 때문이다.

그는 복잡한 시선으로 고르아를 바라보고 있었다.

"전쟁이 끝나도 너희 13군단은 위험한 존재들이라 판단했다. 전쟁에 미친 존재들. 피와 살육에 물들어 있던 존재들이 바로 너희들이 아니었던가? 그리고 그 중심엔 칼라 반이 있었지. 그는 대망(大望)을 가슴에 품고 눈빛엔 강렬한 야욕(野慾)을 담고 있었다. 아크로이어 황제 폐하를 비롯한 우리 모두는 그것을 잘 알고 있었기에 네놈들이 먼저 움직이기 전, 너희들을 처단한 것이다."

"그럴 듯한 개소리라는 것쯤은, 당신도 잘 알고 있겠지."

"······."

"그 흔들리는 눈빛을 보니 그래도 양심은 있나보군."

"고르아. 네가 이곳에서 이토록 분노를 드러낸다 한들 어차피 달라지는 것은 없다. 세상은 바뀌지 않는다."

"그렇지 않지. 우리가 스스로를 저버리면 그렇겠지만··· 우리 중 누구 한 명이라도 살아 있는 한 그럴 일은 결코 없을 거다. 나를 비롯한 13군단 모두는 진실을 알고 있으니······!"

후우웅──!!

고르아의 검에서 환한 빛무리가 뿜어져 나왔다.

마주선 테오스의 검에선 여전히 강렬한 오러가 위용을 드러내고 있었다.

"소용없는 짓을··· 그러지 말고 차라리 아크로이어 폐하의 수족이 되는 것은 어떻겠나? 솔직히 말해 그대 정도의 실력이라면 높은 위치에 설 수 있을 것이다."

"닥쳐라. 테오스 대기사장. 네놈에겐 하늘이 두 개일지 몰라도 내게는 오직 단 하나 뿐이다. 나는 '칼라반'이라는 사내만 우러러 볼 뿐이다."

"…그래서 네놈들이 위험하다는 거다. 칼라반의 말이라면 지옥 끝까지라도 갈 녀석들이니까."

"그것이 바로 기사도가 아니겠나!"

파앙!

휘우우웅——!!

고르아가 먼저 몸을 날렸다.

그의 검이 테오스의 흉부를 가장 먼저 노리고 들었다.

테오스는 차분히 자세를 고쳐 잡으며 고르아의 검을 막아내었다.

콰앙!!

콰라랑——!!!

고르아의 검격은 계속해서 이어졌다.

그러나 그의 검은 단 한 번도 테오스의 검을 뚫어내지 못했다.

콰아앙—!!

고르아의 검을 튕겨낸 테오스가 반격을 가했다.

그의 검이 곡선을 그리며 고르아의 허벅지를 베었다.

"우와아아—!!!"

"오오오!!!"

고르아가 일방적으로 반격을 당하기 시작하자 지켜보던 이들이 뜨거운 환호를 보내기 시작했다.

짐승처럼 날뛰던 고르아도 결국 테오스의 상대가 되진

못했다.

아무리 대기사장 중 가장 낮은 실력을 지녔다곤 하나 테오스 역시도 대전쟁 시대를 살아온 기사였다.

더군다나 그는 제국 내에서도 가장 실력을 인정받은 7명의 대기사장 중 한 명.

그런 테오스가 결코 약할 리 없었다.

슈콰아앙—!!

츄와압!!

테오스가 검을 휘두를 때마다 고르아의 몸에서 핏물이 흘러나왔다.

가까스로 테오스의 검을 막아내고 있긴 했지만 고르아로선 결코 상황이 좋지 못했다.

그의 반격은 모두 테오스의 검에 가로막혀 버렸다.

반면 테오스의 검격 하나하나가 고르아에겐 위협적으로 다가왔다.

"크윽……."

테오스의 검을 받아낸 고르아가 이를 악물었다.

애초에 테오스를 이길 수 있을 것이라 생각진 않았지만, 오랫동안 감금되어 있던 탓에 몸마저도 빠르게 망가져 버리고 말았다.

"쿨럭!"

고르아의 입가에 핏물이 흘러내렸다.

이를 본 테오스가 주춤했다.

그의 검에 망설임이 더해지자마자 고르아가 회심의 미소를 지었다.

"역시 당신은 무르군."

고르아는 마지막 힘을 불태워 섬전(閃電)과도 같은 속도로 테오스를 향해 돌진했다.

그의 갑작스런 행동에 테오스는 반사적으로 검을 휘둘렀다.

검에 맺힌 강렬한 오러가 고르아의 몸을 두 동강 내려 들었다.

그러나 고르아는 테오스의 공격을 피하려 들지 않았다.

"으음!"

그의 행동에 테오스도 입술을 꽉 깨물었다.

테오스가 더욱 마나를 끌어올리자 오러의 기운이 좀 더 강해지며 속도를 더했다.

후우웅──!!

슈파아앙—!!!

환한 빛무리를 뿜어낸 오러가 고르아의 몸을 반으로 잘라버리는 듯했다.

그 순간.

스각—!

좌라라락—!!

"크으읍……!"

고통의 신음소리는 고르아가 아닌 테오스에게서 흘러나

왔다.

고르아의 왼쪽 상반신이 형체도 없이 떨어져나가고 말았
다.

터져 나온 붉은 핏물이 그의 온 몸을 적셨다.

고르아는 매섭게 뜬 눈으로 테오스를 노려보고 있었다.

그런 고르아의 입은 웃고 있었다.

"아쉽게… 되었군…….."

고르아의 눈에 점차 생기가 사라져갔다.

마지막까지 검을 쥐고 있던 그의 오른팔이 힘을 잃고 늘
어졌다.

"테오스님!!!"

"왕이시여!!"

"뭣들 하는 거냐!! 빨리 치료를!!"

근처에 있던 사람들이 호들갑을 떨며 테오스를 향해 다
가왔다.

털썩!

고르아의 몸이 힘없이 바닥에 떨어졌다.

테오스는 복잡한 시선으로 그를 내려다보았다.

"솔 기사단…….."

테오스는 핏물이 흘러내리는 왼쪽 어깨를 바라보았다.

고르아가 마지막 힘을 다해 휘두른 검이 아직까지도 왼
쪽 어깨에 박혀 있었다.

다행히 치명상은 아닌 듯싶었다.

"목숨과 바꿔서라도 내 팔을 가져가고자 했던 것인가……."

아무나 할 수 없는 지독한 생각이었다.

테오스는 곧 착잡한 표정이 되어 아크로이어 황제를 바라보았다.

아크로이어 황제는 무심한 얼굴로 테오스와 고르아를 쳐다보고 있었다.

이내 그는 자리에서 일어나 테오스의 곁으로 다가왔다.

이미 장내에 있는 많은 관중들은 고르아를 죽인 테오스를 연호하고 있었다.

"고생 많았소. 테오스 왕."

"아닙니다, 폐하. 폐하를 지키는 것은 저의 당연한……."

"후훗. 알고 있소. 그나저나… 황실 아카데미 졸업생을 위한 자리가 어느덧 테오스 왕의 무대로 바뀌어버리고 말았군."

싸늘한 목소리였다.

다른 이들은 눈치채지 못했을 수 있으나 적어도 테오스는 그렇게 느끼고 있었다.

그동안 아크로이어 황제를 가까이 모셔온 자신이었기에…….

"아닙니다. 이 모든 영광이 아크로이어 폐하께 있습니다."

"훗. 말이라도 고맙군. 어쨌거나 고생 많았네."

턱.

아크로이어 황제는 테오스 왕의 어깨에 손을 올렸다.

테오스 왕은 자연스레 무릎을 굽히며 고개를 숙여보였다.

그러자 테오스가 아닌 아크로이어 황제의 이름이 사방에 울려 퍼지기 시작했다.

* * *

"흐음… 다른 재밌는 것도 많은데 굳이 여기를 오시려하는 이유가 무엇입니까?"

이른 아침부터 칼라반을 따라나서게 된 제르단이 볼멘소리로 입을 열었다.

아직 술이 덜 깼는지 그의 눈꺼풀은 한가득 내려앉아 있었다.

반면 칼라반은 말끔히 차려입은 모습으로 격기장 중앙을 지켜보고 있었다.

"월에 한 번 있는 행사라고 했나?"

"하암… 그렇습니다. 월마다 한 번씩 있는 일이긴 하죠."

제르단은 몸 여기저기를 긁적거리며 주위를 둘러보았다.

벌써 수많은 사람들이 격기장 안으로 자리해 있었다.

그들이 이곳으로 온 이유는 단 하나.

"저런 결투 같은 것들이 뭐가 재밌다고……."

격기장 중앙에선 십수 명의 검투사들이 치열한 결투를 벌이고 있었다.

그들이 검을 휘두르고 붉은 피가 하늘로 치솟을 때마다 열렬한 환호가 터져 나왔다.

영지민들은 자신들이 응원하는 검투사의 이름을 뜨겁게 외쳤다.

그들의 환호에 힘을 얻은 것인지 검투사들은 날카로운 기합성을 터트리며 치열한 결투를 이어나갔다.

한 명 한 명 쓰러지는 검투사가 나올 때마다 여기저기 탄식하는 소리가 함께 들렸다.

어떤 이들은 금화를 내고 어떤 이들은 금화를 받아갔다.

칼라반은 격기장 안의 광경들을 차분히 눈에 담아두고 있었다.

"와아아아아ー!!"

"우오오!!"

"갈리오!! 갈리오!!"

"갈리오!!!"

마침내 최후의 승자가 결정되었다.

짙은 구레나룻을 기른 마초적 인상의 사내가 우람한 근육을 자랑하며 창을 들어올렸다.

“호오… 이번 우승자는 저 사람인가보군요.”

“우승하면 막대한 상금을 준다고 했던가?”

“그렇습니다. 그리고 이곳 격기장 최후의 승자가 된 검투사는 곧 아라곤의 기사가 될 수 있습니다.”

“기사가 될 수 있다고?”

“예. 기아스님이 만드신 특전이죠. 보다 강력한 군사력을 얻기 위해 따로 검투사 부대를 만드셨습니다. 아마 저 갈리오란 사내도 검투사 부대로 들어가게 될 겁니다.”

“그렇군…….”

“아, 그리고 하나 더 있습니다.”

“하나 더?”

끼이익—!!

그때 중앙의 문이 열리고 누군가 말을 타고 모습을 드러내었다.

세련된 투구와 빛이 날 정도로 반들거리는 갑옷.

그는 한 손에는 장검을, 다른 한 손에는 본인의 상반신만한 방패를 들고 있었다.

“우오오!! 기아스님이다!!”

“영주님이시다!!”

기아스의 등장과 함께 또다시 격기장이 뜨거워지기 시작했다.

기아스는 말을 몰아 갈리오의 앞에 섰다.

갈리오는 영주인 기아스를 향해 고개를 숙여보였다.

나 홀로
이세계 플레이어

"어때? 바로 대결을 펼쳐도 괜찮겠어? 원한다면 충분히 휴식을 취할 수 있는 시간을 주겠다. 그 후에 대결을 펼쳐도 상관하지 않아."

"아닙니다. 저는 지금 바로 시작해도 좋습니다."

갈리오는 말을 마침과 동시에 창을 들어올렸다.

그의 눈빛이 달라지자 기아스도 들어 올렸던 투구를 다시 내려썼다.

그리곤 말에서 훌쩍 뛰어내려 땅을 밟았다.

"바로 시작해 볼까?"

기아스의 말이 끝남과 동시에 갈리오가 먼저 몸을 날렸다.

그는 선공을 펼치며 승세를 만들어가려는 심산이었다.

그러나 기아스도 녹록치 않았다.

그는 검과 방패를 자유롭게 다루며 갈리오를 압박했다.

두 사람이 치열한 공방전을 벌이기 시작하자 모두가 숨을 죽인 채 대결에 집중했다.

"크으… 어떻습니까? 우리 영주님의 검술 실력이! 젊은 나이에 벌써부터 저런 실력이라니… 정말 대단하지 않습니까?"

제르단이 연신 탄성을 터트렸다.

그러나 칼라반의 반응은 그렇지 못했다.

오히려 그는 갈리오 쪽을 유심히 바라보고 있었다.

[스킬 심마안을 발동했습니다.]

갈리오의 머리 위에 떠 있는 전투력은 22만 정도였다.

반면 기아스의 머리 위로 나타난 전투력 수치는 17만이
었다.

갈리오의 전투력이 기아스보다 5만이나 앞서고 있지만
나타나는 상황은 정반대였다.

갈리오가 기아스에게 형편없이 밀리는 모습이었다.

"일부러… 져주고 있는 건가…….."

철없는 영주

카앙—!

위태롭게 수비를 이어가던 갈리오의 검이 저만치 날아가 버리고 말았다.

"크윽… 졌습니다……!"

갈리오는 바닥에 두 무릎을 꿇으며 고개를 숙였다.

기아스의 검이 갈리오의 목 언저리로 다가왔다.

"좋은 승부였다. 비록 날 이기지 못했지만, 갈리오 너의 실력은 훌륭했어. 어때? 나의 밑으로 들어와 기사가 되어 볼 생각은 없어?"

"부족한 저지만 제게 기회를 주신다면……!"

"너처럼 강한 기사가 우리 측에 합류하는 것을 마다할 이유가 있을까?"

"감사합니다!! 저 갈리오! 오늘부터 기아스님의 기사가 되어 충성을 다하겠습니다!!"

격기장의 구조 때문인지 중앙의 두 사람이 하는 대화는 모두에게 뚜렷이 들렸다.

이들의 대화를 들은 관중들이 환호성을 터트렸다.

"크으!!! 역시 이번 격기 대회의 승자인 갈리오도 기아스님 앞에선 역부족이구만!!"

"영주님의 실력이 대단하긴 대단해…! 지금까지의 격기 대회 우승자 중 영주님을 이긴 자는 단 한 명도 없지 않았나?"

"맞아맞아!! 영주님과 그 휘하 기사분들이 계시는 한 우리 영지는 안전할 수밖에 없지."

여기저기서 빗발치는 대화가 칼라반의 귀에 적나라하게 들렸다.

이에 호기심을 느낀 칼라반이 슬쩍 뒤를 돌아보았다.

"그렇다면 기아스 영주님께선 지금껏 단 한 번도 패배를 겪어보신 적이 없는 겁니까?"

"웅!? 물론이요!! 내가 알기로 기아스 영주님은 단 한 번도 져본 적이 없는 것으로 알고 있습니다. 그렇지 않나?"

"그렇지! 우리 영주님은 패배를 모르는 사나이라고!! 정말 대단하지 않나?"

"할리아른님께서 아들 하나는 잘 두셨다니까!"

"이러다 나중에는 무패의 군주로 불리는 것이 아닌가 모르겠어. 으허허허!!"

그들의 대화에 칼라반은 조용히 고개를 끄덕였다.

그런 칼라반의 표정은 그다지 좋지 못했다.

"무슨 안 좋은 일이라도 있으신 겁니까? 갑자기 표정이 좋지 않으신 듯 보입니다."

"흐음… 아냐. 별일 아니다."

"후후 막상 와보니 별로 재미없지요? 그냥 술이나 마시러 갈 걸 하고 후회하고 계신 것 아닙니까!?"

"그런지도……."

그때 기아스가 모두를 향해 돌아보았다.

그가 돌아보자마자 가까이 있던 마법사가 다가가 확성 마법을 펼쳐주었다.

"모두 보았나!?"

"우와아아──!!!"

"오오오!!!"

기아스가 한 마디 했을 뿐이었다.

그의 한 마디에 영지민들이 열광하기 시작했다.

"나는 지금껏 단 한 번도 패배해 본 적이 없다! 그것은 이곳에 모인 나의 영지민들이 가장 잘 알고 있을 것이라 생각한다!!"

기아스는 한 마디 한 마디 힘을 주어 외쳤다.

가슴을 한껏 편 위풍당당한 그의 모습에 모두가 기아스를 주목했다.

"나의 아버지께선 이곳 아라곤 영지를 지키는 것에만 주력했다. 그것이 자신의 소명이라 여긴 것이다! 그러나 한편으론 그 소명이란 것에 갇혀 살아가셨다. 나는 그런 아버지를 보며 늘 생각했다. 어째서 더 나아가려 하질 않는가!? 어째서 더 나은 삶을 살아가려 하지 않는가!?!? 나는 그런 아버지가 답답하고 또 안쓰러워 견딜 수가 없었다! 아버지께서 살아왔던 전란의 시대는 위기이자 곧 기회인 시기였다. 안타깝게도 지금의 나는 그런 기회조차 없다⋯ 우리가 지금 살아가고 있는 시기는 너무나 평화롭고 조용하다. 물론 이 시기가 다행인 일이긴 하지만 한편으로는 하늘이 야속하구나⋯ 어째서 나에게는 그런 기회를 주시지 않는 것인지⋯⋯!"

기아스가 두 주먹을 힘껏 말아 쥐며 외쳤다.

두 눈을 부릅뜬 그가 다시 한 번 모두를 둘러보았다.

"그러나 이 자리에서 약속한다! 만약 또다시 우리가 전쟁을 택해야 하는 날이 온다면! 나는 그 누구보다 앞장서서 너희를 이끌겠다! 그러니 너희들도 나를 믿고 따라와 주길 바란다!! 그리 하면 온 세상이 우리를 인정하게 될 것이다!"

호기로운 그의 외침에 기아스의 이름을 연호하는 소리가 격기장 전체에 울려 퍼졌다.

그 모습을 보며 칼라반은 씁쓸해하지 않을 수 없었다.

기아스의 말은 어찌 보면 본인의 아버지인 할리아른이 평생에 걸쳐 이루어온 것을 부정하는 것일 수 있었으니 말이다.

"아이러니하군… 아버지는 평화를 위해 일생을 바쳐 싸워왔는데… 정작 그 아들이라는 녀석은 출세를 위해 전쟁을 바라고 있다니……."

혼자만 들릴 정도로 낮게 중얼거린 칼라반이 이만 자리에서 몸을 일으켰다.

오늘 일만 봐도 기아스가 어떤 인물인지 조금은 짐작할 수 있었다.

"어라!? 벌써 가시는 겁니까!? 영주님의 멋진 연설이 계속해서 이어질 텐데……."

"흥미 없다. 마저 듣고 오려면 그렇게 해라. 나는 먼저 가겠다."

"에잉… 같이 가시죠! 저도 마침 술이 땡기던 참입니다. 아, 가는 길에 돈놀이라도 한 판 하시렵니까!?"

제르단은 허겁지겁 몸을 일으켜 칼라반을 따라나섰다.

칼라반은 조용히 그를 바라보았다.

계속해서 아둔하고 가벼운 척하지만, 그의 머리위로 떠오른 전투력 수치는 그가 만들고 있는 이미지와는 전혀 달랐다.

'전투력 30만…….'

높은 전투력을 지니고 있으니 그만한 실력자라는 얘기였다.

제 아무리 실력을 숨기려 해도 심마안 스킬을 가진 칼라반의 눈까지 속일 순 없었다.

그러나 제르단은 본신의 힘은 숨기고 계속해서 다른 이미지를 강조하듯 보여주고 있었다.

그가 원하는 것이 무엇인지 아직 알 수 없었지만 칼라반 또한 굳이 알려하지 않았다.

'지금은 다른 곳에 집중하기도 바쁘다.'

칼라반은 목에 걸어두었던 펜던트를 슬쩍 만졌다.

레클레이가 마지막으로 자신에게 건네준 펜던트.

이곳으로 건너온 뒤 단 한 번도 몸에서 떼어놓지 않았던 물건이었다.

그가 이런 저런 생각에 잠겨 있는 동안 어느새 그들이 머물고 있는 처소가 보였다.

운량은 칼라반이 도착하자마자 그를 마중 나왔다.

"어서 오십시오."

"별일 없었나?"

"오늘은 손님이 찾아왔습니다."

"손님?"

"예."

손님이라는 말에 칼라반이 제르단을 돌아보았다.

그러나 제르단은 본인도 전혀 모르고 있는 눈치였다.

"주군의 손님입니다. 듣자하니 주군을 찾아왔다 하더군
요."

"나를?"

고개를 갸웃거린 칼라반이 안쪽으로 걸음을 옮겼다.

아무리 생각해도 자신을 찾아올만한 사람이 없었던 것이
다.

아라곤에 머무는 동안에는 마냥 한량처럼 지내며 제르단
과 이곳저곳을 돌아다녔고 라그나로크에선 그나마 알고
지낸 이가 헤이나뿐이었다.

만약 헤이나가 찾아온 것이라면 운량도 손님이라 표현하
진 않았을 터였다.

궁금함을 안고 안으로 들어서자 말끔하게 차려입은 사내
가 차를 마시며 앉아 있었다.

인기척이 들려오자 사내도 고개를 돌아보았다.

두 사람의 시선이 마주치자 칼라반이 먼저 그를 알아보
았다.

"그대는……."

"안녕하십니까. 저를 기억하실지 모르겠습니다. 공민 블
레이드 후보님."

"당연히 기억한다. 이름이 한니발이었던가?"

"그렇습니다. 라그나로크의 공병대 소속 한니발이라고
합니다."

"그런데 무슨 일로 여기까지 찾아 온 거지? 내가 이곳에

있는 것은 어떻게 알았고?"

그날 단 한 번 본 정도였지만 칼라반의 기억에는 확실히 자리하고 있던 사내였다.

한니발은 막상 칼라반과 마주하자 만감이 교차하는 듯했다.

"공민 블레이드 후보님께서 이곳으로 오신 것은 라그나로크에서도 이미 유명한 일입니다. 때문에 이곳까지 찾아오는 것은 그다지 어렵지 않았습니다."

"유명한 일이라고……?"

"예. 공민님께서 이곳으로 오신 뒤 술과 도박에 빠져계신다는 소문이 빠르게 돌았습니다… 그래서 다른 간부님들이나 원로님들께서도 공민님에게 적지 않게 실망하신 눈치입니다. 게다가 라그나로크 내에선 얼간이 후보라는 별명이……."

한니발은 조심스럽게 눈치 보며 말끝을 흐렸다.

혹시라도 당사자인 칼라반이 기분 나빠할 수도 있는 얘기였으니 말이다.

그러나 정작 칼라반은 개의치 않는 눈치였다.

오히려 그는 더 얘기해보라는 듯 미소를 보이며 한니발을 바라보고 있었다.

"그래서?"

"그래서 처음 공민님이 블레이드 후보의 신분으로 그곳까지 임무 발령이 난 것에 대해 의아해하던 사람들도… 지

금은 어느 정도 납득하는 분위기가 되었습니다."

"하하하! 그래. 그렇기도 하겠군."

"그러나 저는 소문을 믿기가 어려워 직접 확인을 하러 이렇게 찾아왔습니다."

"확인을?"

"예. 제가 그날 본 공민님의 표정과 분위기, 그 모든 것들을 비추어봤을 때 결코 그러실 분으로 보이진 않았기 때문입니다. 그래서 믿을 수가 없었습니다."

"혹시라도 소문이 맞다면? 맞다면 어찌할 생각이지?"

"그렇다면……."

칼라반은 은근하게 한니발의 답을 기대했다.

일전에도 자신에게 쓴 소리를 했던 사내였으니 이번에는 어떤 말을 할지 궁금했던 탓이다.

잠시 말을 머뭇거리던 한니발이 다시 입을 열었다.

"소문이 맞다면 제가 공민님의 곁에 머물며 지금의 습관을 고쳐나가실 수 있도록 돕겠습니다."

"아아…? 하하하하!!"

생각지도 못한 답변에 칼라반이 웃음을 터트리고 말았다.

그러나 한니발은 여전히 진지한 낯빛이었다.

"그래 그렇군… 닮았어, 정말……."

"예?"

"예전에 내가 알던 자와 많이 닮아서 말이야. 그래서인

지 그대를 보고 있으면 괜히 기분이 좋아지는군. 혹시 그
대의 부모님에 대해 물어봐도 되겠나?"

"어머니는 장사를 하셨고 아버님은 평범한 병사였습니
다."

"그런가. 지금은 어디에 계시지?"

"아버님은 제국군의 손에 돌아가셨고 어머님은 저와 함
께 라그나로크로 피신해 왔었습니다."

"그랬나… 괜한 걸 물어봤군……."

"아닙니다. 어차피 저는 아버님과 지낸 적이 거의 없어
서 잘 기억하지 못합니다."

"흠?"

"워낙 어렸을 때만 아버지를 봤습니다. 때문에 대부분
어머님께 전해들은 것으로 알고 있습니다. 아버지께선 본
인이 원하는 꿈을 위해 전장으로 나가셨고 그곳에서 누구
보다 열심히 싸우셨다고… 하지만 아버지 본인께서도 어
렸을 때부터 워낙 평범했던 탓에 전장에서도 이렇다 할 성
과를 이루지 못하셨다 들었습니다."

"혹시 아버지를 원망하고 있는 건가?"

칼라반의 물음에 한니발은 한 치의 망설임도 없이 고개
를 가로저었다.

그의 단호한 태도에 칼라반은 눈가에도 이채가 어렸다.

"결코 원망하지 않습니다. 오히려 아버지께서 저와 어
머니를 위해 본인의 꿈을 포기하고 사셨더라면… 저는 그

것이 더 견딜 수 없었을 것 같습니다. 게다가 아버지는 저와 어머니를 지키기 위해 전장으로 나가신 거라 들었습니다."

"흐음……."

"이렇게 직접 공민 블레이드 후보님과 대화를 나눠보니 어렴풋이 알 것 같습니다. 지금 보이는 공민님의 눈빛은 결코 도박과 술에 찌들어 있는 사람의 것이 아닙니다. 훨씬 맑고 청명하기에… 소문이 거짓된 것이란 것쯤은 곧바로 알아차릴 수 있었습니다."

"후후, 그런가."

한니발은 자리에서 일어나 칼라반을 향해 무릎을 꿇어보였다.

갑작스러운 행동에 칼라반도 조금은 당황한 눈치였다.

"공민 블레이드 후보님! 저를 거두어주시지 않겠습니까!?"

"그대를?"

"예…! 비록 다른 이들에 비해 실력은 많이 부족할지 모르겠습니다. 아니 많이 부족한 것이 사실입니다. 만약 공민님께서 이런 저를 귀찮은 짐 정도로 생각하신다 해도 하는 수 없다 생각합니다. 하지만… 다른 것보다 이것 하나만큼은 약속드릴 수 있습니다."

"그게 뭐지?"

"솔직하게 말해서 제 개인적인 욕심으로 이곳까지 찾아

온 것 또한 사실입니다. 그렇지만 어머니께선 늘 은혜를 베푼 이에 대한 감사는 죽어서도 잊지 말라 하셨습니다. 이런 저에게… 기회만 주신다면…! 죽어서까지 공민님을 저의 주군으로 모시겠습니다. 제가 약속드릴 수 있는 것은 바로 이것입니다."

한니발은 칼라반의 앞에 고개를 숙여보였다.

칼라반은 그런 한니발을 유심히 들여다보았다.

운량과 제르단, 이라벨은 그저 두 사람을 지켜보고만 있을 뿐이었다.

"왜 하필 나지? 너도 알다시피 나는 이미 얼간이 블레이드 후보로까지 소문이 나있는데 말이야. 이런 나 말고도 다른 훌륭한 블레이드 후보도 많다만… 혹시나 내가 블레이드 후보 중 가장 낮은 위치에 있는 것 같아 만만하게 보였던 건가?"

"그런 이유가 아닙니다. 저는 제가 직접 보고 들은 것만 믿습니다. 그런 중 다른 블레이드 후보님들과 공민 블레이드 후보님은 분명 어딘가 달라보였습니다. 그날 제가 감히 공민 블레이드 후보님께 조언을 드린 후… 공민님께선 제게 말씀하셨습니다. 이런 저를 기억해주시겠다고… 지금까지 그 누구도 그런 말씀을 하셨던 적이 없습니다. 대부분 귀찮아하거나 불쾌한 기색을 드러내거나 심지어 협박을 가하는 분들도 있었습니다. 그러나 공민님께선 지나가는 말이었을지 몰라도 제 이름을 물어봐

주시고 기억해주시겠다 하였습니다. 제가 당신께 목숨을
바칠 수 있는 이유는 이것 하나 만으로도 충분합니다. 지
금껏 그 누구도 저를 바라보고 기억해주려 하지 않았으니
까요……."

속내

"그런가……."

진심어린 한니발의 말에 칼라반도 더는 무어라 말을 덧붙이지 못하고 입술을 굳게 다물었다.

그때 지켜보던 운량이 슬쩍 둘 사이로 끼어들었다.

"제 주군께서 걷고자 하는 길은 상당히 고됩니다. 어쩌면 세상을 등지는 일이 될지도 모르는 일이지요. 그럼에도 함께 하실 수 있겠습니까?"

"물론입니다. 세상을 등지는 것쯤은 라그나로크에 몸을 담은 순간부터 각오한 일입니다. 게다가 아무것도 못하고 일반 공병대 소속으로 늙어죽는 것보단, 제가 따르고 싶은 분의 일을 돕다 죽는 것이 훨씬 보람찰 것 같습니다."

"흐음… 그것은 그대가 생각하는 것만큼 멋진 일이 아닐 수도 있습니다."

"상관없습니다."

한니발의 단호한 태도에 운량은 고개를 주억거렸다.

다른 것보다 흔들리지 않는 그의 눈빛이 마음에 들었다.

그동안의 경험으로 비추어 보건데 이런 눈빛을 가진 사람들은 대게 곧은 성정을 지니고 있었다.

"주군께서는 어떻게 생각하십니까?"

칼라반은 조용히 고개를 끄덕였다.

무언의 승낙이었다.

그는 눈앞에 한니발을 내려다보았다.

한니발의 모습에서 자꾸만 레클레이의 모습이 비춰졌다.

'닮은 구석이 많군…….'

그래서인지 왠지 정이 가는 녀석이었다.

칼라반이 몸을 일으키려는 때 이라벨이 한껏 들뜬 얼굴로 들어왔다.

"우아!! 그러면 이 형아도 우리랑 같이 지내게 되는 거예요?"

"그렇게 되었다. 혹시 불편할까봐 그러니?"

"아니요! 너무 좋아요!! 맨날 제르단님이랑 단 둘이서만 이곳에서 지냈는데… 이렇게 사람이 많아지니까 신나요!

헤헤…….”

해맑게 웃고 있는 이라벨을 보며 모두가 웃음을 지었다.

뒤에서 지켜보던 제르단도 피식 웃고 말았다.

항상 밝은 표정을 짓고 있긴 했지만 쓸쓸함을 뒤로 감추고 있던 이라벨이 어느 순간 티 없이 맑은 웃음을 짓게 되었다.

그런 모습을 보고 있자니 제르단으로서도 절로 미소가 지어진 것이다.

“하아… 이것 참 곤란하게 되었네… 그렇지 않아도 오늘이었는데… 이렇게 되면 난 어떻게 해야 하나…? 이라벨 녀석이 저렇게까지 좋아하는데…….”

제르단은 자신에게만 들릴 정도로 작은 혼잣말을 중얼거리며 모두가 있는 곳으로 걸어왔다.

그러나 제르단은 몰랐지만 그가 했던 혼잣말은 칼라반에게도 생생히 들리고 있었다.

어느덧 날은 어두워져 모두들 각자 머무는 방으로 향했다.

한니발은 칼라반에게 공손히 인사를 전하곤 이라벨이 안내해주는 곳으로 걸어갔다.

다행히 건물 안에 마련된 방은 많았다.

똑똑.

칼라반도 침소에 와 홀로 상념에 잠겨 있는데 누군가 방

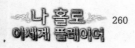

문을 두드렸다.

"누군가?"

"접니다."

제르단의 목소리였다.

어둑해진 밤중에 그가 홀로 찾아오자 칼라반은 한쪽 눈썹을 찌푸렸다.

칼라반에게서 답이 없자 제르단이 다시 한 번 입을 열었다.

"들어가도 되겠습니까?"

"들어와라."

칼라반은 제르단이 손에 들고 있는 것을 먼저 확인했다.

역시나 그가 들고 있는 것은 자그마한 술병이었다.

그의 시선을 느낀 것인지 제르단은 머쓱한 표정으로 뒷머리를 긁적였다.

"아하하, 잠이 안와서 말입니다. 요즘 술을 안마시면 잠을 잘 못자요. 그래서 이렇게 지부장님과 한 잔 하려고 찾아왔습니다. 바쁘시지 않다면 같이 한잔 하시겠습니까? 지부장님 말고 딱히 마실 사람이 없어서요…….."

"그러지."

칼라반이 흔쾌히 승낙하자 제르단은 총총 걸음으로 달려왔다.

제르단은 술병과 간단한 안주거리를 탁자 위에 놓았다.

그가 먼저 칼라반에게 술을 건넸다.

"제가 먼저 따라드리겠습니다."

제르단과 칼라반이 술을 나누고 첫잔을 들이켰다.

곧바로 술을 목에 넘긴 칼라반과 다르게 제르단은 슬며시 칼라반의 눈치를 보고 있었다.

이를 확인한 칼라반은 남모르게 미소를 지었다.

이 다음 일어날 일은 안 봐도 훤했다.

[상태 이상이 감지되었습니다.]
[만독지체 스킬이 발동되었습니다.]

역시나 제르단이 가져온 술에는 독이 들었다.

칼라반은 일부러 눈꺼풀을 무겁게 했다.

그가 비틀거리며 술잔을 떨어트리고 천천히 몸을 숙였다.

칼라반이 독에 반응하는 것을 보이자 제르단은 천천히 몸을 일으켰다.

그리곤 허리춤의 단검을 들어올렸다.

"당신에게 별다른 원한은 없습니다. 하지만 제 역할은 라그나로크에서 이곳으로 보내진 이들을 죽이는 것……."

제르단은 단검을 칼라반의 목에 가져갔다.

이전에 봐왔던 모습만이라면 단칼에 죽여버렸겠지만 조금의 망설임이 생긴 건 오늘 일 때문이었다.

한니발의 말을 들었을 때 본인도 울컥한 마음이 들었던 것이다.

덕분에 공민에 대해서도 다시 생각하게 되었다.

더군다나 이곳으로 보내진 지부장 중 이라벨을 가장 인간적으로 대해준 것도 칼라반과 유운량이었다.

괜히 마음이 무거워지기 시작했다.

"아주 나쁜 사람은 아닌 것 같은데… 어쩌다 이곳까지 오시게 된 겁니까. 이곳 아라곤은 다른 말로 간부들의 무덤… 라그나로크에 필요 없다 여겨지거나 임무에 크게 실패한 인물들이 보내지는 곳인데…….."

"흐음… 그랬군요. 어쩐지 이곳에서의 임무가 지나치게 적다 생각했는데… 그런 용도로 임무가 주어지는 곳이었나 보군요."

"……!?"

옆에서 들리는 목소리에 제르단이 놀라 고개를 돌렸다.

유운량이 파초선을 살랑거리며 미소 짓고 있었다.

"어떻게 여기에…!? 그러나 이미 늦었습니다. 지부장님을 구하기엔…….."

"그런 사연이 있었군."

이어 들리는 칼라반의 목소리에 제르단이 두 눈을 부릅뜨고 말았다.

그는 황급히 시선을 돌려 칼라반을 쫓았다.

그러나 칼라반은 이미 제르단의 사정거리 밖으로 벗어나

있는 뒤였다.

제르단은 혹시 몰라 다시 칼라반의 술잔을 들여다보았
다.

술잔은 깔끔히 비워져있었다.

그렇다고 칼라반이 자신 모르게 술을 따로 버린 것도 아
니었다.

그랬다면 목격하지 못했을 리가 없었다.

"아니 어떻게… 분명 독에 중독되었을 텐데……."

"안타깝지만 이 정도 독은 내게 통하지 않는다."

"그럴 수가……."

제르단은 조용히 단검을 역수로 말아 쥐었다.

자세를 낮게 고쳐 잡으며 칼라반과 유운량을 살폈다.

"싸워보기라도 하겠다는 건가?"

"블레이드 후보님께 검을 들이민 것을 들켰으니 이렇게
라도 해야겠지요."

"어리석은 짓을……."

"비록 제가 도박과 술을 좋아하는 모습을 보여드리긴 했
지만… 만만하게 보시면 곤란할겁니다."

우우웅─!

제르단이 들고 있는 단검에 푸른 마나가 맺히기 시작했
다.

이를 지켜보던 유운량이 먼저 몸을 움직였다.

"주군께 두 번씩이나 검을 겨눌 수 있도록 둘 순 없지요."

"헛소리!"

제르단은 유운량을 먼저 제압하기 위해 몸을 날렸다.

사실 그는 칼라반보다 유운량의 존재를 더 신경 쓰고 있었다.

가까이서 지켜본 칼라반은 그다지 별 볼일 없다 판단되었지만 유운량에 관한 정보는 적었다.

워낙 자신을 드러내지 않는 인물이었기에 제르단으로서도 알아낼 수 있는 것이 거의 없었던 것이다.

다만, 그의 차림새나 말하는 어투 그리고 칼라반이 그를 설명했던 것까지 합쳐서 그나마 전투계열이 아닌 머리를 쓰는 쪽으로 여기고 있었다.

휘우웅—!

콰당!

그러나 눈 깜짝할 사이에 믿을 수 없는 일이 벌어지고 말았다.

유운량을 향해 뛰쳐나가던 제르단의 시야가 빙글 돌아버린 것이다.

몸은 둔탁한 소리와 함께 바닥을 뒹굴었다.

뭐가 어떻게 된 일인지 몰라 제르단이 고개를 돌렸다.

"아직 눈치채지 못하신 듯하군요."

운량의 말에 제르단이 인상을 찌푸렸다.

그는 우선 재빠르게 몸부터 일으켰다.

"아⋯⋯."

그제야 그는 무언가 이상함을 느끼고 있었다.

평소보다 몸이 무거워져 있었던 것이다.

그것뿐만이 아니었다.

마나홀의 마나를 자유롭게 운용하기가 힘들었다.

마치 무언가에 방해라도 받는 것 같았다.

"이제야 느끼셨습니까?"

"……!?"

"이곳은 이미 제가 관리하는 공간입니다. 진법을 발동시킨 이상… 평소와 같은 실력을 발휘하시긴 어려울 겁니다."

제르단을 가볍게 넘겨버렸던 운량이 입가에 호선을 그렸다.

그는 다시 한 번 덤벼보려면 덤벼보라는 듯 부채질을 살랑거렸다.

제르단은 곧바로 방향을 바꿔 칼라반에게로 향했다.

사실 다른 것보다 칼라반의 목만 베면 자신의 임무는 끝이었다.

그러니 자신과 유운량과의 대치에 잠시나마 방심하고 있을 칼라반을 노린 것이다.

그러나 그것은 제르단의 오산이었다.

칼라반은 숱한 전장을 다닌 몸이었다.

그런 그가 이런 상황에서 방심하고 있을 리 없었다.

휘욱―!

주륵.

칼라반의 검끝이 제르단의 목에 닿았다.

조금만 더 깊었더라면 치명적인 상처를 입혔을 터였다.

제르단은 자신의 목에서 느껴지는 싸늘한 감촉에 시선을
내렸다.

칼라반이 조금만 힘을 준다면 이 차가운 검날은 자신의
목을 베고 지나갈 것이 분명했다.

제르단은 고개를 숙이며 들고 있던 단검을 내려놓았다.

딸카당—!

"후우… 그냥 죽이십시오."

"싫다."

"예…?"

"그대의 눈빛을 보면 알 수 있다. 그건 삶을 포기한 눈빛
이야. 아니… 포기라기보다 목적도 희망도 없는 눈빛이라
야 맞겠군."

"그게… 대체 무슨 말입니까…….."

"그래서 일부러 도박꾼에 술주정뱅이처럼 살아가고 있
는 것 아닌가?"

칼라반의 말에 제르단은 아무런 대꾸도 하지 못했다.

그와 눈을 마주하고 있자니 자신의 내부가 적나라하게
드러나는 느낌이었다.

마치 발가벗은 것 같은 느낌에 썩 유쾌한 기분은 아니었
다.

"그걸… 어떻게 그리 확신하듯 말씀하십니까."

"이건 시스템의 도움도 뭣도 필요 없지… 내가 전장에서 보아온 수많은 눈빛들이 그러했으니……."

칼라반은 천천히 검을 거두었다.

그가 검을 거두자 제르단은 그 자리에서 털썩 주저앉고 말았다.

"대체 무슨 이유로 이런 삶을 살아가고 있는 거지? 그대 정도의 실력이라면 충분히 많은 일들을 할 수 있을 텐데… 어째서 이곳에 남아 한량같이 지내며 지부장으로 오는 자들을 죽이며 살아가고 있는 건가?"

"그건……."

쿵쿵쿵!

그때 문을 두드리는 격한 소리가 들려왔다.

칼라반과 유운량, 제르단은 동시에 소리가 들린 곳으로 고개를 돌렸다.

"흐음… 이상하군요. 이렇게 늦은 시각에 이곳을 방문할 만한 사람은 없는데……."

"소리를 보아하니 무슨 다급한 일인 것 같다."

칼라반은 제르단을 겨누던 검을 거두어들였다.

제르단은 한 방울 흘러내리는 자신의 핏물을 손으로 닦아냈다.

"저를… 죽이지 않으시는 겁니까?"

"음? 그대를 죽여야 할 이유가 있나?"

"죽여야 할 이유라뇨? 당연한 것 아닙니까…? 라그나로크에 소속된 사람으로서… 이유가 어찌되었건 블레이드 후보님께 감히 검을 겨누었는데… 아니 공민님이 블레이드 후보 신분이 아니더라도 저보다 상관인 사람을 죽이려 했는데…….”

"그래서 내가 죽었나?”

"아… 아닙니다… 그것은 아니지만…….”

"흣. 지금까지 날 죽이려 했다는 이유만으로 모든 사람들을 죽였다면… 나는 엄청나게 많은 사람들의 원한을 샀을 거다. 그러니 신경 쓰지 마라. 네가 내게 내민 검은 내 목 언저리에도 미치지 못했으니 내가 널 죽이기까지 할 이유도 없다. 물론 네 검에 살기가 가득했었더라면 모르겠지만… 망설임이 가득했던 검이라면 더더욱 그럴 이유가 없지.”

칼라반의 말에 제르단은 자신의 뒤통수를 세게 얻어맞은 듯했다.

설마하니 칼라반이 자신의 마음 상태마저 느끼고 있었을 줄은 몰랐던 것이다.

"당신은 대체…….”

이 모든 상황에 대한 여유도 그렇고 자신에게 검을 겨눈 상대를 이토록 쉽게 용서하는 배포도 그렇고, 갑자기 눈앞에 있는 칼라반이 낯설어 보이기 시작했다.

산악민족의 습격

멍하니 서 있는 제르단을 뒤로하고 칼라반과 유운량은 출입문 쪽으로 향했다.

시끄러운 소리에 잠에서 깼는지 이라벨도 졸린 눈을 비비며 아래층으로 내려오고 있었다.

"무슨 일입니까?"

간단하게 경무장을 하고 나온 한니발이 칼라반과 유운량을 바라보며 물었다.

그러나 두 사람이라고 갑작스럽게 찾아온 손님에 관해 알고 있는 것이 있을 리 없었다.

"누구신데 이런 밤중에 다급히 문을 두드리시는 겁니까?"

"나 이 근처에서 장사하고 있는 도르간일세!! 그보다 이 보게들! 여기서 이럴 때가 아니야! 빨리 거기서 나오라고!!"

다급하게 외치는 남성의 목소리에 유운량이 슬쩍 문을 열어주었다.

도르간이라면 한 번씩 이곳에서 술을 사갔던 손님이었기에 유운량도 기억하고 있었다.

그는 파랗게 질린 얼굴로 모두를 쳐다보았다.

빠르게 움직이는 그의 동공과 부들거리는 손은 지켜보고 있는 것만으로도 그가 얼마나 다급한 심정을 하고 있는지 알아차릴 수 있었다.

우선은 유운량이 차분하게 입을 열었다.

"무슨 일이신데 그러시는 겁니까?"

"지금 이렇게 잠을 자고 있을 때가 아닐세. 종소리 못 들었나?"

"종소리요?"

"그렇네! 적들이 쳐들어오거나 비상 상황일 때 울리는 경종(警鐘)소리 말이야!"

"그래서 조금 전부터 바깥이 시끄러웠던 것인가… 대체 왜 경종이 울렸는지 알 수 있겠습니까?"

운량의 뒤편에 있던 칼라반이 도르간을 향해 정중히 물었다.

도르간은 마른 침을 한 번 삼키며 주위를 살폈다.

"나도 정확히는 모르겠지만 일단 외성(外城)쪽으로 적들의 침입이 있었던 모양이야."

"침입…? 대체 누가……."

"누구겠나? 흉악한 산악 민족놈들이지!"

"산악 민족이라니… 그들이 갑자기 왜……."

"그건 나도 알 수가 없네. 아무튼 빨리 자리를 피하게! 산악 민족들은 흉악하기로 소문난 녀석들이라 피도 눈물도 없는 자들이라고! 걸려들었다간 놈들의 칼에 가죽째 벗겨 나갈지도 몰라…! 내가 그냥 가려다가 어린 이라벨이 떠올라서 어떻게든 말해주고 피하는 걸세. 그러니 그대들도 멍하니 있지 말고 우선 자리를 피하게! 곧 있으면 산악 민족들이 이곳까지 닥쳐올지 몰라……!"

그의 고성에 유운량이 고개를 갸웃거렸다.

"외성을 지키는 경비대도 있고 근처를 순찰하는 병사들도 있을 텐데 너무 과한 반응을 보이는 것 아닙니까?"

"경비대는 이미 손 쓸 새도 없이 당해버렸고 뒤늦게 출동한 병사들은 산악 민족들의 상대가 되질 못하고 있단 말이야…! 아직 본대가 도착하려면 시간이 좀 걸릴 듯하니까 우선은 안전하게 자리를 피하는 것이 좋을 거야. 그나저나 제르단 녀석은 어딜 간 거야? 빨리 이라벨을 데리고 가질 않고……."

도르간은 안쪽을 들여다보며 제르단을 찾았다.

그러나 제르단의 모습은 어디에도 보이질 않았다.

"이 자식 이 와중에 또 술을……."

"죄송하지만 먼저 이라벨을 데리고 가주시겠습니까?"

"음……!?"

칼라반의 말에 도르간이 그를 위아래로 훑어보았다.

그는 칼라반도 제르단과 마찬가지로 도박과 술을 좋아하는 사람쯤으로 여기고 있었다.

그런 칼라반이 자신에게 이라벨을 맡기려 하자 절로 한쪽 눈썹이 치켜 올라갔다.

"설마 이라벨을 내게 맡기고 도망치려하거나 뭐 그런 생각을 하는 것은 아닐 테지……?"

그러면서도 그는 이라벨을 바라보았다.

자신이 말해놓고도 이라벨이 상처받진 않았을까 아차 싶었던 것이다.

그러나 다행히 그런 눈치는 아니었다.

"그렇지 않습니다. 아직 어린 이라벨을 데리고 상황을 살피러 가기엔 위험해보여서 그렇습니다. 그리고 한니발."

"예, 말씀하십시오."

"너도 이라벨과 함께 움직여라. 너의 첫 임무는 여기 있는 이라벨을 안전히 지키는 거다."

"맡겨만 주십시오!"

그들의 대화에 도르간이 멍한 얼굴을 지었다.

그때 뒤에서 누군가 걸어 나왔다.

"그렇게 해주십시오. 도르간씨. 저도 부탁드리고 싶군요."

"아니 제르단! 어딜 갔었던 건가?"

"후후, 간만에 차려입는다고 좀 늦었습니다."

제르단은 간만에 말끔한 모습으로 허리춤엔 검집을 차고 있었다.

그의 낯선 모습에 도르간도 눈매를 좁혔다.

"흐음… 자네가 그런 모습을 하고 있으니 적응이 되질 않는군… 마냥 술과 도박에만 빠져 지내는 줄 알았는데 검도 쓸 줄 알았던 건가? 아무튼… 이제 시간이 없는 듯하니 그럼 일단 이라벨은 내가 데리고 함께 피신하도록 하겠네."

"부탁드리겠습니다."

"그럼… 가자, 이라벨! 그쪽도 잘 따라오게!"

도르간은 이라벨을 데리고 내성쪽으로 뛰었다.

한니발은 검집에 손을 얹고 두 사람을 뒤따랐다.

멀어지는 그들을 보며 칼라반도 슬슬 발걸음을 옮기려 했다.

그때 그들의 앞을 제르단이 막아섰다.

"뭐지?"

"흐음… 설마 아직 포기하지 않으신 겁니까?"

제르단은 살며시 고개를 저었다.

"그럼 뭐 때문에 길을 막고 선건가?"

"미리 말씀드리고 싶은 것이 있습니다."

"말해두고 싶은 것? 그게 뭐지?"

"어떤 상황이든 선뜻 나서지 않는 것이 좋을 겁니다."

"나서지 말라?"

"예. 제 생각이 맞다면 아마 이번 습격은 의도된 것일 겁니다."

"의도된 습격이라니… 뭔가 알고 있는 것이 있는 건가?"

"사실 저는… 블레이드이신 하르스마이어님을 모시던 사람입니다. 그리고 이번 일은 아마 하르스마이어님과 연관되어 있을 가능성이 높습니다."

"하르스마이어…? 어디서 들어본 이름 같은데……."

칼라반의 시선이 절로 유운량에게 향했다.

그의 시선을 읽은 유운량이 입을 열었다.

"블레이드 후보 하이데의 형입니다. 하르스마이어는 어린 나이에도 불구하고 블레이드 자리에 오른 타고난 천재라고 하더군요. 하지만 형제가 비슷하게 성정은 그리 좋지 못하다 들었습니다. 워낙 잔혹한 손속으로 유명해 라그나로크 내에서도 그를 두려워하는 사람이 많다 들었습니다."

"잘 알고 계시군요. 아무튼 얼마 전 하르스마이어님의 수하들이 이곳을 다녀간 적이 있었습니다. 그때 그들이 옛정을 생각해 이곳에 들러주었습니다. 그리곤 후에 이런 일이 벌어질 수도 있을 거라 제게 귀띔을 해주었으니…….”

“그러니까 결론은 이번 습격이 라그나로크의 일에다 블레이드까지 관련된 일이니 함부로 나서지 않는 것이 좋겠다는 얘기로군. 내 말이 맞나?”

칼라반의 말에 제르단이 고개를 끄덕였다.

아무리 블레이드 후보라도 블레이드가 하려는 일에 섣불리 간섭했다간 큰일을 치를 수 있었다.

“훗. 조금 전에는 날 죽이려 들더니 이제는 날 위한 말을 하는군. 웃기는 녀석이야.”

“아… 그건…….”

칼라반의 말에 제르단이 조금은 머쓱한 표정을 지었다.

그는 괜히 뒷머리를 긁적이며 시선을 피했다.

본인이 생각해도 앞뒤가 맞질 않았던 것이다.

“알겠다. 나 또한 라그나로크에 몸을 담고 있는 입장이니 그들의 일에 방해를 가할 생각은 없다.”

“잘 생각하셨습니다. 다른 사람은 몰라도 하르스마이어 님 만큼은 적으로 돌려선 안 됩니다.”

“후후. 그런가. 실없는 친구로군.”

칼라반은 이만 소리가 들리는 곳으로 발걸음을 옮겼다.

사실 그는 제르단의 말에 그다지 집중하지 못하고 있었다.

검기를 사용할 수 있게 되고 몸의 감각들이 예민해지면서 멀리 있는 소리도 잘 들려왔다.

지금 칼라반의 심기를 거스르는 것은 여기저기 들려오는 비명소리들이었다.

그 소리가 전쟁터를 떠올리게 만들었다.

칼라반은 발걸음을 재촉하며 소리가 들리는 곳으로 향했다.

[경공 스킬을 발동합니다.]

그는 내공을 운용해 몸을 가볍게 만들었다.

그리고 한 발자국 내딛자 칼라반의 몸이 빠르게 앞으로 쏘아져나갔다.

콰직!

스가악―!!

"꺄아아!!"

"사… 살려주세요…!! 제발…….."

바닥에 피투성이가 된 채 쓰러진 여성이 두 손으로 빌었다.

상반신을 드러낸 채 동물의 가죽을 얼굴에 뒤집어쓴 자들이 여성의 앞에 섰다.

그들은 투박한 돌칼을 천천히 들어올렸다.

휘릭―!

카아앙—!!

힘껏 휘두른 돌칼이 무언가에 막혀버리고 말았다.

"……?!"

산악민족들 갑자기 나타난 사내를 보며 두 눈을 부릅떴다.

순식간에 나타난 것도 모자라 검으로 돌칼을 정확히 막아내었다.

그들은 한 발짝 물러서며 사내를 경계했다.

"괜찮으십니까?"

가까스로 여인을 구해낸 칼라반이 그녀를 돌아보며 물었다.

여인은 자신보다 끌어안고 있는 아이부터 살폈다.

다행히 아이는 울음 짓고 있을 뿐 다친 곳은 없어보였다.

그녀는 뒤늦게 칼라반을 향해 감사 인사를 표했다.

"감사합니다…! 정말 감사합니다…!!"

"이러고 있을 시간이 없습니다. 아이와 함께 바로 피신하십시오. 바로 뒤쪽의 길보다 여기 대각선 쪽에 나있는 길로 가시는 것이 나을 겁니다."

칼라반은 한쪽 길을 가리키며 말해주었다.

여인은 다시 한 번 감사 인사를 표하곤 아이와 함께 내달렸다.

스륵.

산악 민족들은 갑작스럽게 나타난 칼라반의 등장에 잔뜩 경계하고 있었다.

그들은 칼라반이 제국군이라 여기며 적의를 불태웠다.

파밧—!

팟!!

세 명의 사내들이 칼라반을 향해 일제히 몸을 날렸다.

우람한 근육을 여실히 드러낸 산악민족들의 움직임은 예상보다 빨랐다.

마치 날랜 표범을 보는 것과 같았다.

그러나 그들보다 칼라반의 움직임이 한 수 위였다.

"연환칠검!"

칼라반의 검이 일곱 번의 변칙을 그리며 나아갔다.

카앙!

스가각!! 스각—!

칼라반의 검에 팔이 잘려나가는 이도 있었고 허리를 크게 베인 자도 있었다.

미처 방어해내지 못한 사내는 그대로 목이 잘려나가고 말았다.

고통에 비명을 지를 법도 하건만 그들의 입에선 단 한마디도 새어나오지 않았다.

"독한 자들이로군."

팔이 잘려나간 사내는 한손으로 잘린 부위를 움켜쥔 채 칼라반을 응시하고 있었다.

그들은 다시 한 번 칼라반을 향해 뛰어들었다.

휘링—!

스각! 슈가악——!

칼라반의 검은 순식간에 두 사람을 베어내었다.

던전에서 만난 몬스터들에 비하면 그들의 움직임은 눈에 훤히 보일 정도로 느렸다.

손쉽게 세 명을 처치해낸 칼라반이 주위를 살폈다.

"주군!"

"지부장님!"

뒤늦게 달려온 유운량과 제르단이 그를 찾았다.

그러나 칼라반의 시선은 그들을 향하지 않았다.

그는 불타고 있는 마을과 바닥에 널브러진 시체들을 바라보고 있었다.

아비규환의 상황 속에서 산악민족들은 바쁘게 먹을 것들을 챙겨 나르고 있었다.

"이건가?"

"예?"

"혹시나 하르스마이어라는 그 블레이드가 원하는 상황이 이거냐고 물었다."

"아아…….."

제르단은 그제야 칼라반의 시선을 읽었다.

그는 산악민족이 만들어낸 처참한 광경들에 할 말을 잃고 말았다.

차가운 시체가 된 이들 중엔 바로 얼마 전까지 인사를 하며 지낸 이들도 있었다.

두구두구두구—!!

다다다닥!!

그때 요란한 말발굽소리가 들려왔다.

커다란 깃발을 치켜든 기수가 힘차게 휘둘렀다.

깃발엔 아라곤 영지를 상징하는 문장이 수놓아져 있었다.

"영주님이시다!!"

"영주님이 오셨다!!"

"사… 살았다!!"

환희에 찬 영지민들이 소리치기 시작했다.

그들은 군사를 이끌고 온 기아스를 보며 눈물을 짓기까지 했다.

"감히 여기가 어디라고!!"

기아스를 알아보는 것은 결코 어렵지 않았다.

기사들 중 그 혼자만 단연 화려한 갑주를 입고 있던 탓이다.

그는 부릅뜬 눈으로 산악민족들을 바라보았다.

"모두 들어라!! 겁 없이 아라곤 영지에 발을 들인 저 미개한 산악민족놈들에게 공포가 무엇인지 보여주 거라!!!"

기아스의 명령이 떨어지자 기사들과 병사들이 일제히 진격하기 시작했다.

그러나 이미 그들이 이곳에 당도한 것을 눈치챈 산악 민족의 대응도 빨랐다.

그들은 순식간에 중앙으로 집결하여 기아스군을 향해 달려들었다.

"물러서지 마라!!"

기아스는 용맹한 모습으로 가장 선두에 섰다.

그때 곰 가죽을 뒤집어쓴 커다란 덩치의 사내가 기아스의 앞에 섰다.

파앙―!

그는 자신의 두 주먹을 맞부딪치며 기아스와 맞섰다.

"미개한 산악 민족 주제에 감히 내 앞길을 막아서는 것이냐!? 건방지구나!!"

기아스는 거칠게 말을 몰아 사내를 향해 검을 휘둘렀다.

그러나 사내는 피하지 않고 몸을 밀어붙였다.

그가 노린 것은 기아스가 아닌 말이었다.

파콰앙!!

사내가 힘껏 어깨를 부딪치자 기아스가 탄 말이 충격으로 휘청이고 말았다.

"앗… 아앗…!"

균형을 잃은 기아스가 미처 반응하지 못하고 말에서 떨어지고 말았다.

그는 두 눈을 부라리며 사내를 올려다보았다.

"이런 비겁한……!"

"우오오——!!"

"오오오오!!!"

"우카가가!! 우간!!"

기아스가 말에서 떨어지자마자 곰 가죽을 뒤집어쓴 산악 민족들이 거친 소리를 토해내었다.

이 소리를 시작으로 곰 가죽을 뒤집어쓴 산악 민족들이 호전적으로 전투에 나서기 시작했다.

그들은 투박한 도끼를 사용하거나 맨몸으로 싸워 병사들을 제압해나갔다.

전신에 갑옷을 걸치고 능숙한 실력을 자랑하는 기사들에겐 두세 명씩 붙어 상대했다.

생각보다 전술적인 그들의 움직임에 기아스군이 당황해하고 있을 무렵.

칼라반의 앞에도 누군가가 모습을 드러내었다.

늑대 가죽을 뒤집어쓴 산악 민족이 칼라반의 앞에 섰다.

그를 본 칼라반의 표정에 처음으로 변화가 일었다.

조금 전 기아스를 밀쳐낸 곰 같은 사내는 굳이 전투력을 보지 않아도 현재의 자신이라면 충분히 이길 수 있는 상대임을 알 수 있었다.

그러나 눈앞에 있는 자는 달랐다.

[심마안을 발동합니다.]

칼라반이 심마안 스킬을 발동하자 전투력이 가장 먼저 눈에 들어왔다.

이를 확인한 칼라반이 얼굴을 굳혔다.

"전투력 52만이라⋯⋯."

〈다음 권에 계속〉

어울림 BOOKS
신인 작가 대모집!

어울림 출판사는 무한한 상상력과 뜨거운 열정을 가진 작가 여러분을 기다리고 있습니다.
창작에 대한 열의가 위대한 작품으로 꽃피울 수 있도록 저희 어울림 출판사가 여러분의 힘이 돼 드리겠습니다.

지금 도전하십시오!

모집 분야 : 판타지. 역사. 무협. 로맨스 등
모집 대상 : 아마추어. 인터넷 작가등 열정을 가진 모든 작가
모집 기한 : 수시 모집
작품 접수 방법 : 당사 네이버 카페 또는 이메일을 이용해 주십시오.

파일 형식은 제한이 없으나 원활한 원고 검토를 위해 '.HWP' 형식으로 보내주시고. 파일에 연락처도 함께 기재해주시면 됩니다.

채택된 작품은 정식 계약을 통해 출판물로 간행됩니다.
간행된 출판물은 당사의 유통망을 이용하여 전국 서점으로 배포됩니다.
※ 문의 사항은 **네이버 카페**(http://cafe.naver.com/oulim0120)를 이용하시기 바랍니다.

경기도 고양시 일산동구 장항동 43-55 성우사카르타워 801호
어울림 출판사 신인 작가 담당자 앞
전화 031) 919-0122 / **E-mail** 5ullim@daum.net

OULIM ORIENTAL FANTASY

이류 무협소설가 문선생.
자신이 쓴 소설에 빙의(憑依)하다!

"왜 하필 듣보잡 마졸(魔卒)이냐고!"

빙의한 캐릭터는 소설의 주인공이…아닌
엑스트라급 289호 묵천우였다.

"이 세계에서라도 한 번 떵떵거리며 살아보자!"

천마지존(天魔至尊)을 꿈꾸는
마졸의 무림기가 시작된다!

마졸 빙의빨로
천마지존

어울림

문지기 무협 장편소설

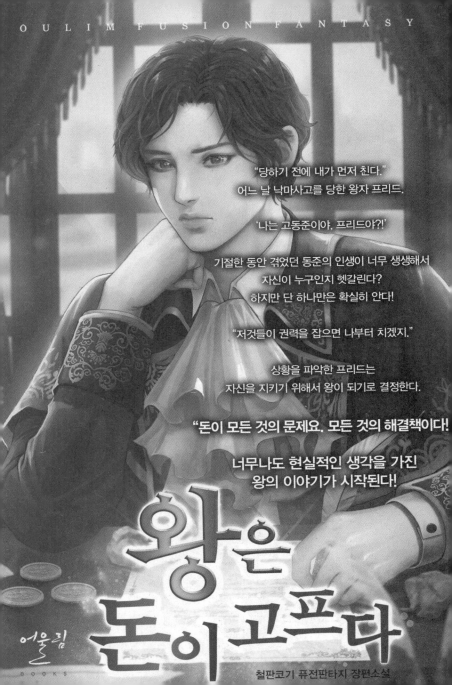

"당하기 전에 내가 먼저 친다."
어느 날 낙마사고를 당한 왕자 프리드.

'나는 고동준이야, 프리드야?!'

기절한 동안 겪었던 동준의 인생이 너무 생생해서
자신이 누구인지 헷갈린다?
하지만 단 하나만은 확실히 안다!

"저것들이 권력을 잡으면 나부터 치겠지."

상황을 파악한 프리드는
자신을 지키기 위해서 왕이 되기로 결정한다.

"돈이 모든 것의 문제요, 모든 것의 해결책이다!

**너무나도 현실적인 생각을 가진
왕의 이야기가 시작된다!**

왕은
돈이 고프다

어울림
B O O K S

철판코기 퓨전판타지 장편소설